Victor Hugo

L'homme qui rit

Abrégé par Boris Moissard

Classiques abrégés
l'école des loisirs
11, rue de Sèvres, Paris 6e

ISBN 978-2-211-08811-4

Loi n° 49.956 du 16 juillet 1949 sur les publications destinées à la jeunesse : septembre 2007
Dépôt légal : octobre 2009
Imprimé en France par CPI Firmin Didot à Mesnil-sur-l'Estrée (97089)

PREMIÈRE PARTIE

LA MER ET LA NUIT

DEUX CHAPITRES PRÉLIMINAIRES

Ursus

Ursus et Homo étaient liés d'une amitié étroite. Ursus était un homme, Homo était un loup. Leurs humeurs s'étaient convenues. C'était l'homme qui avait baptisé le loup. Probablement il s'était aussi choisi lui-même son nom; ayant trouvé *Ursus* bon pour lui, il avait trouvé *Homo* bon pour la bête. L'association de cet homme et de ce loup profitait aux foires, aux fêtes de paroisse, aux coins de rues où les passants s'attroupent, et au besoin qu'éprouve partout le peuple d'écouter des sornettes. Ce loup, docile et gracieusement subalterne, était agréable à la foule. Voir des apprivoisements est une chose qui plaît. Notre suprême contentement est de regarder défiler toutes les variétés de la domestication.

Ursus et Homo allaient de carrefour en carrefour, de pays en pays, de comté en comté, de ville en ville. Ursus habitait une cahute roulante qu'Homo, suffisamment civilisé, traînait le jour et gardait la nuit. Ils campaient à l'aventure dans une friche, dans une clairière, sur la lisière des parcs, sur les parvis d'églises. Quand la carriole s'arrêtait dans quelque champ de foire, quand les commères accouraient béantes, quand les curieux faisaient cercle, Ursus pérorait, Homo approuvait. Homo, une sébile dans sa gueule, faisait poliment la quête dans l'assistance. Ils gagnaient leur vie.

Le loup ne mordait jamais, l'homme quelquefois. Du moins, mordre était la prétention d'Ursus. Ursus était un misanthrope, et, pour souligner sa misanthropie, il s'était fait bateleur. Pour vivre aussi, car l'estomac impose ses conditions. De plus ce bateleur misanthrope, soit pour se compliquer, soit pour se compléter, était médecin. Médecin c'est peu, Ursus était ventriloque. On le voyait parler sans que sa bouche remuât. Il copiait, à s'y méprendre, l'accent et la prononciation du premier venu ; il imitait les voix à croire entendre les personnes.

Ursus, médecin, pratiquait les aromates. Il tirait parti de la profonde puissance qui est dans un tas de plantes dédaignées. Il vendait des panacées.

Ursus mangeait peu et rarement ; c'était la faute du public, qui n'affluait pas toujours et n'achetait pas fréquemment.

Ayant fait dans un bois la connaissance d'Homo, le goût de la vie errante lui était venu. Il avait un grand art en toute chose pour guérir, opérer, tirer les gens de maladie, et accomplir des particularités surprenantes ; il était considéré comme bon saltimbanque et bon médecin ; il passait aussi, on le comprend, pour magicien ; un peu, pas trop ; car il était malsain à cette époque d'être cru ami du diable.

En somme, Ursus n'était point un personnage inquiété par la police. Sa cahute était assez longue et assez large pour qu'il pût s'y coucher sur un coffre où étaient ses hardes, peu somptueuses. Il était propriétaire d'une lanterne, de plusieurs perruques et de quelques ustensiles accrochés à des clous, parmi lesquels des instruments de musique. Il possédait en outre une peau d'ours dont il se couvrait les jours de grande performance ; il appelait cela se mettre en costume. La nuit, le loup dormait sous la cahute, amicalement enchaîné. Homo avait le poil noir, et Ursus le poil gris ; Ursus avait cinquante ans, à moins qu'il n'en eût soixante.

Cela se passait il y a cent quatre-vingts ans, du temps que les hommes étaient un peu plus des loups qu'ils ne sont aujourd'hui.

Pas beaucoup plus.

Être toujours sourdement furieux, c'était la situation intérieure d'Ursus, et gronder était sa situation extérieure. Ursus était le mécontent de la Création. Il voyageait librement, d'un bout de la Grande-Bretagne à l'autre, débitant ses philtres et ses fioles, faisant, de moitié avec son loup, ses momeries de médecin de carrefour, et il passait avec aisance à travers les mailles du filet de police tendu à cette époque par toute l'Angleterre pour éplucher les bandes nomades, et particulièrement pour arrêter au passage les *comprachicos*.

Ursus n'était d'aucune bande. Il passait sa vie à passer son chemin. Son chez-lui était la forêt. Il ne se sentait pas très dépaysé dans le murmure des places publiques, assez pareil au brouhaha des arbres. La foule satisfait dans une certaine mesure le goût qu'on a du désert.

Sa grande affaire était de haïr le genre humain. Ayant tiré à clair ceci que la vie humaine est une chose affreuse, ayant remarqué la superposition des fléaux, les rois sur le peuple, la guerre sur les rois, la peste sur la guerre, la famine sur la peste, la bêtise sur le tout, ayant constaté une certaine quantité de châtiment dans le seul fait d'exister, ayant reconnu que la mort est une délivrance, quand on lui amenait un malade, il le guérissait.

Il remettait les culs-de-jatte sur leurs pieds, et leur jetait ce sarcasme :

– Te voilà sur tes pattes. Puisses-tu marcher longtemps dans la vallée de larmes !

Après quoi, il se frottait les mains, et disait :

– Je fais aux hommes tout le mal que je peux.

Les comprachicos

Qui connaît à cette heure le mot *comprachicos* ? et qui en sait le sens ?

Les *comprachicos* étaient une hideuse et étrange affiliation nomade, fameuse au XVIIe siècle, oubliée au XVIIIe, ignorée aujourd'hui. *Comprachicos* est un mot espagnol composé qui signifie les « *achète-petits* ».

Les *comprachicos* faisaient le commerce des enfants. Ils en achetaient et ils en vendaient.

Ils n'en dérobaient point. Le vol des enfants est une autre industrie.

Et que faisaient-ils de ces enfants ?

Des monstres.

Pourquoi des monstres ?

Pour rire.

Le peuple a besoin de rire ; les rois aussi.

Un enfant destiné à être un joujou pour les hommes, cela a existé. (Cela existe encore aujourd'hui.) Aux époques naïves et féroces, cela constitue une industrie spéciale. Le XVIIe siècle, dit Grand Siècle, fut une de ces époques. Ce siècle exploita beaucoup les enfants.

Pour que l'homme-hochet réussisse, il faut le prendre de bonne heure. Le nain doit être commencé petit. On jouait de l'enfance. Mais un enfant droit, ce n'est pas bien amusant. Un bossu, c'est plus gai.

De là un art. Il y avait des éleveurs. On prenait un homme et l'on faisait un avorton ; on prenait un visage et l'on faisait un mufle. On tassait la croissance ; on pétrissait la physionomie. Cette production artificielle avait ses règles. C'était toute une science. Qu'on s'imagine une orthopédie en sens inverse. Là où Dieu a mis le regard, cet art mettait le strabisme. Là où Dieu a mis l'harmonie, on mettait la difformité. Le bouffon de cour n'était pas autre chose qu'un essai de ramener l'homme au singe. Progrès en arrière. Chef-d'œuvre à reculons.

Cela faisait des êtres dont la loi d'existence était

monstrueusement simple : permission de souffrir, ordre d'amuser.

Cette fabrication de monstres se pratiquait sur une grande échelle et comprenait divers genres. On savait produire dans ces temps-là des choses qu'on ne produit plus maintenant, on avait des talents qui nous manquent ; cela tient à ce que l'art des supplices se perd. En coupant les membres à des hommes vivants, en leur ouvrant le ventre, en leur arrachant les viscères, on prenait sur le fait les phénomènes, on avait des trouvailles ; il faut y renoncer, et nous sommes privés des progrès que le bourreau faisait faire à la chirurgie.

Le commerce des enfants au XVIIe siècle se complétait par une industrie. Les *comprachicos* faisaient ce commerce et exerçaient cette industrie. Ils achetaient des enfants, travaillaient un peu cette matière première, et la revendaient ensuite.

Les vendeurs étaient de toutes sortes, depuis le père misérable se débarrassant de sa famille jusqu'au maître utilisant son haras d'esclaves.

Sous les Stuart, les *comprachicos* n'étaient point mal en cour. Au besoin, la raison d'État se servait d'eux. Ils avaient un talent, défigurer, qui les recommandait à la politique. Défigurer vaut mieux que tuer. Vous masquer à jamais avec votre propre visage, rien n'est plus ingénieux. Les *comprachicos* travaillaient l'homme comme les Chinois travaillent l'arbre. Ils avaient des secrets. Ils avaient des trucs. Ils touchaient à un petit être avec tant d'esprit que le père ne l'eût pas reconnu. Quelquefois ils laissaient la colonne dorsale droite, mais ils refaisaient la face. Ils démarquaient un enfant comme on démarque un mouchoir.

Non seulement les *comprachicos* ôtaient à l'enfant son visage, mais ils lui ôtaient sa mémoire. Du moins ils lui en ôtaient ce qu'ils pouvaient. L'enfant n'avait point conscience de la mutilation qu'il avait subie. Cette épouvantable chirurgie laissait trace sur sa face, non dans son esprit. Il pouvait se souvenir tout au plus qu'un jour il avait été saisi par des hommes, puis qu'il s'était endormi, et qu'ensuite on l'avait guéri. Guéri de quoi ? il l'ignorait. Des brûlures par le soufre et des incisions par le fer, il ne se rappelait rien. Les *comprachicos*, pendant l'opération, assoupissaient le petit patient au moyen d'une poudre stupéfiante qui passait pour magique et qui supprimait la douleur.

Les *comprachicos* vivaient entre eux, en bandes, un peu baladins, mais par prétexte. La circulation leur était ainsi plus facile. Ils campaient çà et là, mais graves, religieux et n'ayant avec les autres nomades aucune ressemblance, incapables de vol. C'étaient d'honnêtes gens. Qu'on en pense ce qu'on voudra, ils étaient parfois sincèrement scrupuleux. Ils poussaient une porte, entraient, marchandaient un enfant, payaient et l'emportaient. Cela se faisait correctement.

Ils étaient de tous les pays. Sous ce nom, *comprachicos*, fraternisaient des Anglais, des Français, des Castillans, des Allemands, des Italiens.

Les *comprachicos* étaient plutôt une association qu'une peuplade, plutôt un résidu qu'une association. C'était toute la gueuserie de l'univers ayant pour industrie un crime.

Errer était la loi d'existence des *comprachicos*. Apparaître, puis disparaître. Qui n'est que toléré ne prend pas racine.

Les lois contre les vagabonds ont toujours été très rigoureuses en Angleterre.

On n'inquiétait ni le saltimbanque, ni le barbier ambulant, ni le physicien[1], ni le colporteur, ni le savant en plein vent, attendu qu'ils ont un métier pour vivre. Hors de là, et à ces exceptions près, l'espèce d'homme libre qu'il y a dans l'homme errant faisait peur à la loi. Un passant était un ennemi public possible. Cette chose moderne, flâner, était ignorée ; on ne connaissait que cette chose antique, rôder.

De là, sur tout le territoire anglais, une vraie « loi des suspects » appliquée aux rôdeurs, volontiers malfaiteurs, disons-le, et particulièrement aux gypsies.

Les *comprachicos*, insistons-y, n'avaient rien de commun avec les gypsies. Les gypsies étaient païens, les *comprachicos* étaient chrétiens ; et même bons chrétiens.

En Angleterre, Jacques II, homme fervent, qui persécutait les juifs et traquait les gypsies, fut bon prince pour les *comprachicos*. Les *comprachicos* étaient acheteurs de la denrée humaine dont le roi était marchand. Ils

1. Au sens anglais de « médecin ».

excellaient dans les disparitions. Le bien de l'État veut de temps en temps des disparitions. Un héritier gênant, en bas âge, qu'ils prenaient et qu'ils maniaient, perdait sa forme. Ceci facilitait les confiscations. Les transferts de seigneuries aux favoris en étaient simplifiés. Les *comprachicos* étaient de plus très discrets et très taciturnes, s'engageaient au silence, et tenaient parole, ce qui est nécessaire pour les choses d'État. En 1688, il y eut un changement de dynastie en Angleterre. Orange supplanta Stuart. Guillaume III remplaça Jacques II.

Guillaume, n'ayant point les mêmes idées ni les mêmes pratiques que Jacques, fut sévère aux *comprachicos*. Il mit beaucoup de bonne volonté à l'écrasement de cette vermine.

Un statut des premiers temps de Guillaume frappa rudement l'affiliation des acheteurs d'enfants. Aux termes de ce statut, les hommes de cette affiliation, pris et dûment convaincus[1], devaient être marqués sur l'épaule d'un fer chaud imprimant un R, qui signifie *rogue*, c'est-à-dire gueux ; sur la main gauche d'un T, signifiant *thief*, c'est-à-dire voleur ; et sur la main droite d'un M, signifiant *man slay*, c'est-à-dire meurtrier.

1. Au sens anglais de « convaincus d'un crime ».

LIVRE PREMIER

LA NUIT MOINS NOIRE QUE L'HOMME

La pointe sud de Portland

Une bise opiniâtre du nord souffla sans discontinuer sur le continent européen, et plus rudement encore sur l'Angleterre, pendant tout le mois de décembre 1689 et tout le mois de janvier 1690. De longues listes d'indigents trouvés morts de famine et de nudité sont encore lisibles aujourd'hui dans beaucoup de répertoires locaux. La Tamise prit, ce qui n'arrive pas une fois par siècle. Les chariots roulèrent sur la rivière gelée.

Un soir, vers la fin d'une des plus glaciales journées de ce mois de janvier 1690, il se passait dans une des nombreuses anses inhospitalières du golfe de Portland quelque chose d'inusité qui faisait crier et tournoyer à l'entrée de cette anse les mouettes et les oies de mer, n'osant rentrer.

Dans cette crique, un petit bâtiment était amarré à une pointe de roche. Qui se fût approché du bâtiment amarré, eût reconnu une ourque biscayenne. Le soleil, caché toute la journée par les brumes, venait de se coucher. Le vent ne venant pas de la mer, l'eau de la crique était calme.

La crique, murée de tous les côtés par des escarpements plus hauts qu'elle n'était large, était de minute en minute plus envahie par le soir. Il fallait être tout près pour apercevoir l'ourque amarrée aux rochers. Une planche jetée du bord à une saillie basse et plate de la falaise mettait la barque en communication avec la terre ; des formes noires marchaient et se croisaient sur ce pont branlant, et dans ces ténèbres des gens s'embarquaient. Autour du mouvement d'embarquement qui se faisait dans la crique, mouvement visiblement effaré et inquiet, tout était solitaire. On n'entendait ni un pas, ni un bruit, ni un souffle. L'œil, en ce vaste horizon de Portland, ne rencontrait rien de vivant. Pas une maison, pas un navire. La côte, à cette époque, n'était pas habitée.

Quel que fût l'aspect du temps, les êtres qu'allait emmener l'ourque biscayenne n'en pressaient pas moins le départ. Ils étaient huit, il y avait probablement parmi eux une ou deux femmes, malaisées à reconnaître sous les déchirures et les loques dont tout le groupe était affublé, accoutrements qui n'étaient plus ni des vêtements de femmes, ni des vêtements d'hommes. Les haillons n'ont pas de sexe.

Une ombre plus petite, allant et venant parmi les grandes, indiquait un nain ou un enfant.

C'était un enfant.

Isolement

Un des hommes du groupe qui s'embarquait avait un air de chef. Un autre rabattait sur son visage un vaste feutre taillé en sombrero.

L'enfant, par-dessus ses loques, était affublé, selon le principe qu'une veste d'homme est un manteau d'enfant, d'une souquenille de gabier qui lui descendait jusqu'aux genoux.

Sa taille laissait deviner un garçon de dix à onze ans. Il était pieds nus.

L'équipage de l'ourque se composait d'un patron et de deux matelots. L'ourque, vraisemblablement, venait d'Espagne, et y retournait. Elle faisait, sans nul doute, d'une côte à l'autre, un service furtif.

Les personnes qu'elle était en train d'embarquer chuchotaient entre elles. Tantôt un mot castillan, tantôt un mot allemand, tantôt un mot français ; parfois du gallois, parfois du basque. C'était un patois, à moins que ce ne fût un argot.

On eût pu remarquer, s'il y avait eu moins d'obscurité, une *Nuestra-Señora*, avec le *niño*, sculptée et dorée à l'avant de l'ourque. C'était probablement la Notre-Dame basque. Sous cette figure, tenant lieu de poupée de proue, il y avait une cage à feu, point allumée en ce moment, excès de précaution qui indiquait un extrême souci de se cacher.

Sous la Notre-Dame, était écrit en majuscules dorées le mot *Matutina*, nom du navire, illisible en ce moment à cause de l'obscurité.

Au pied de la falaise était déposé, en désordre dans le pêle-mêle du départ, le chargement que ces voyageurs emportaient et qui, grâce à la planche servant de pont, passait rapidement du rivage dans la barque. Chacun prenait sa part de la besogne ; l'un portait un sac, l'autre un coffre. On surchargeait l'enfant.

Si cet enfant avait dans ce groupe son père et sa mère, cela est douteux. Aucun signe de vie ne lui était donné. On le faisait travailler, rien de plus. Il paraissait, non un enfant dans une famille, mais un esclave dans une tribu. Il servait tout le monde, et personne ne lui parlait.

La dernière caisse avait été portée sur le pont, il n'y avait plus à embarquer que les hommes. Le mouvement de départ se fit dans le navire, le patron saisit la barre, un matelot prit une hache pour trancher le câble d'amarre. Trancher, signe de hâte ; quand on a le temps, on dénoue.

L'enfant se précipita vers la planche pour passer le premier. Comme il y mettait le pied, deux des hommes se ruant, au risque de le jeter à l'eau, entrèrent avant lui, un troisième l'écarta du coude et passa, le quatrième le repoussa du poing et suivit le troisième, le cinquième, qui était le chef, bondit plutôt qu'il n'entra dans la barque, et, en y sautant, poussa du talon la planche qui tomba à la mer ; un coup de hache coupa l'amarre, la barre du gouvernail vira, le navire quitta le rivage, et l'enfant resta à terre.

Solitude

L'enfant demeura immobile sur le rocher, l'œil fixe. Il n'appela point. Il ne réclama point. Pas un cri de l'enfant vers ces hommes, pas un adieu de ces hommes à l'enfant. Il y avait des deux parts une acceptation muette de l'intervalle grandissant. L'enfant, comme cloué sur la roche que la marée haute commençait à baigner, regarda la barque s'éloigner. On eût dit qu'il comprenait. Quoi ? que comprenait-il ? L'ombre.

Il était étonné, mais rêveur.

Il était évident, pour qui eût vu son étonnement sans accablement, que, dans ce groupe qui l'abandonnait, rien ne l'aimait, et il n'aimait rien.

Pensif, il oubliait le froid. Tout à coup l'eau lui mouilla les pieds ; la marée montait ; une haleine lui passa dans les cheveux ; la bise s'élevait. Il frissonna. Il eut de la tête aux pieds ce tremblement qui est le réveil. Il jeta les yeux autour de lui.

Il était seul.

Il n'y avait pas eu pour lui jusqu'à ce jour sur la terre d'autres hommes que ceux qui étaient en ce moment dans l'ourque. Ces hommes venaient de se dérober.

Ajoutons, chose étrange à énoncer, que ces hommes, les seuls qu'il connût, lui étaient inconnus.

Il n'eût pu dire qui étaient ces hommes.

Son enfance s'était passée parmi eux, sans qu'il eût la conscience d'être des leurs. Il leur était juxtaposé ; rien de plus.

Il venait d'être oublié par eux.

Il n'avait pas d'argent sur lui, pas de souliers aux pieds, à peine un vêtement sur le corps, pas même un morceau de pain dans sa poche.

C'était l'hiver. C'était le soir. Il fallait marcher plusieurs lieues avant d'atteindre une habitation humaine.

Il ignorait où il était.

Il se sentit mis hors de la vie.

Il avait dix ans.

Il étira ses petits bras maigres et bâilla.

Puis, brusquement, il tourna le dos à la crique et se mit à monter le long de la falaise. Il escalada le sentier. On eût dit qu'il avait un itinéraire. Il n'allait nulle part pourtant.

Il se hâtait sans but, espèce de fugitif devant la destinée.

Sa veste d'homme, trop large, était une complication, et le gênait. De temps en temps, il rencontrait sur un surplomb ou dans une déclivité un peu de glace qui le faisait tomber.

À mesure que l'enfant montait, le sommet semblait monter. Tout en grimpant, il considérait cet entablement noir, posé comme un barrage entre le ciel et lui. Enfin il arriva.

Il serra contre sa poitrine sa serpillière de matelot.

C'était un bon vêtement. Cela s'appelle, en langage du bord, un suroît, parce que cette sorte de vareuse-là est peu pénétrable aux pluies du sud-ouest.

L'enfant, parvenu sur le plateau, s'arrêta, posa fermement ses deux pieds nus sur le sol gelé, et regarda.

Derrière lui la mer, devant lui la terre, au-dessus de sa tête le ciel.

Mais un ciel sans astres. Une bruine opaque masquait le zénith.

On ne voyait pas de routes. Rien. Pas même une cabane de berger. On apercevait çà et là des tournoiements de spirales blêmes qui étaient des tourbillons de neige fine arrachés de terre par le vent, et s'envolant. Les grandes plaines ternes se perdaient sous le brouillard blanc. Silence profond. Cela s'élargissait comme l'infini et se taisait comme la tombe.

L'enfant se retourna vers la mer.

La mer comme la terre était blanche ; l'une de neige, l'autre d'écume. De la hauteur où était l'enfant, la baie de Portland apparaissait presque en carte géographique, blafarde dans son demi-cercle de collines. D'un cap à l'autre, dans toute cette côte, on n'apercevait pas un seul scintillement indiquant un foyer allumé, une fenêtre éclairée, une maison vivante. L'ourque était encore visible dans la baie, fuyant.

C'était un triangle noir qui glissait sur cette lividité.

La *Matutina* filait vite.

À un certain moment, elle alluma son fanal de proue ; il est probable que l'obscurité se faisait inquiétante autour d'elle, et que le pilote sentait le besoin d'éclairer la vague.

Il y avait dans l'air une imminence d'orage. L'enfant ne s'en rendait pas compte, mais un marin eût tremblé.

Le vent, froissant le brouillard, et échafaudant les nuées derrière, posait le décor de ce drame terrible de la vague et de l'hiver qu'on appelle une tempête de neige.

Depuis quelques moments la rade n'était plus déserte. À chaque instant surgissaient de derrière les caps des barques inquiètes se hâtant vers le mouillage. Du plus extrême lointain, des voiles venaient. C'était à qui se réfugierait. Au sud, l'obscurité s'épaississait et les nuages pleins de nuit se rapprochaient de la mer. Ce n'était point le moment de partir. L'ourque était partie cependant.

Elle avait mis le cap au sud. Elle était déjà hors du golfe et en haute mer. L'ourque, de plus en plus amalgamée à la nuit, disparut.

Cette fois, c'était pour jamais.

Du moins l'enfant parut le comprendre, il cessa de regarder la mer.

Questions

Qu'était-ce que cette espèce de bande en fuite laissant derrière elle cet enfant ?

Ces évadés étaient-ils des *comprachicos* ?

On a vu les mesures prises par Guillaume III, et votées en Parlement, contre les malfaiteurs, hommes et femmes, dits *comprachicos*.

Cette loi protectrice de l'enfance eut un premier résultat bizarre ; un subit délaissement d'enfants.

Ce statut pénal produisit immédiatement une foule d'enfants trouvés, c'est-à-dire perdus. Rien de plus aisé à comprendre. Toute troupe nomade contenant un enfant était suspecte ; le seul fait de la présence de l'enfant la dénonçait. L'enfant devenait un danger ; on s'en défaisait.

Par qui l'enfant qu'on vient d'entrevoir dans la pénombre des solitudes de Portland était-il rejeté ?

Selon toute apparence, par des *comprachicos*.

L'arbre d'invention humaine

Il pouvait être environ sept heures du soir. L'enfant se trouvait sur l'extrême plateau sud de la pointe de Portland.

Il traversa diagonalement le premier plateau, puis un second, puis un troisième. La nuit devenait très obscure ; son rayon visuel se raccourcissait, il ne voyait plus qu'à quelques pas.

Tout à coup il s'arrêta, écouta un instant, tourna vivement, et se dirigea vers une éminence de hauteur médiocre qu'il apercevait confusément à sa droite. Il y avait sur cette éminence une configuration qui semblait dans la brume un arbre. L'enfant venait d'entendre de ce côté un bruit, qui n'était ni le bruit du vent, ni le bruit de la mer. Il pensa qu'il y avait là quelqu'un.

En quelques enjambées il fut au bas du monticule.

Il y avait quelqu'un en effet.

Ce qui était indistinct au sommet de l'éminence était maintenant visible.

C'était quelque chose comme un grand bras sortant de terre tout droit. À l'extrémité supérieure de ce bras, une sorte d'index, soutenu en dessous par le pouce, s'allongeait horizontalement. Ce bras, ce pouce et cet index dessinaient sur le ciel une équerre. Au point de jonction de cette espèce d'index et de cette espèce de pouce il y avait un fil auquel pendait on ne sait quoi de noir et d'informe. Ce fil, remué par le vent, faisait le bruit d'une chaîne.

C'était ce bruit que l'enfant avait entendu.

La masse liée à la chaîne offrait la ressemblance d'une gaine. Elle était emmaillotée comme un enfant et longue comme un homme.

Une brise faible agitait la chaîne, et ce qui pendait à la chaîne vacillait doucement. Cet être – était-ce un être ? –, ce témoin noir était un reste, et un reste terrible.

Il endurait cette voie de fait horrible, la pourriture en plein vent.

Bataille entre la mort et la nuit

L'enfant était devant cette chose, muet, étonné, les yeux fixes.

Pour un homme c'eût été un gibet, pour l'enfant c'était une apparition.

Où l'homme eût vu le cadavre, l'enfant voyait le fantôme.

Et puis il ne comprenait point.

Il approcha, tout en ayant envie de reculer.

Parvenu sous le gibet, il leva la tête et examina.

Le fantôme était goudronné.

C'était un usage immémorial en Angleterre de goudronner les contrebandiers. On les pendait au bord de la mer, on les enduisait de bitume, et on les laissait accrochés ; les exemples veulent le plein air, et les exemples goudronnés se conservent mieux. On pouvait de cette manière renouveler les pendus moins souvent. Les contrebandiers, de loin, en mer, apercevaient les gibets. Cela n'empêchait point la contrebande ; mais l'ordre se compose de ces choses-là.

L'enfant, effaré, recula.

Subitement il se mit à trembler de tous ses membres, un frisson ruissela le long de son corps, il chancela, tressaillit, faillit tomber, se retourna et, hagard, les cheveux au vent, descendant la colline à grands pas, les yeux fermés, presque fantôme lui-même, il prit la fuite, laissant derrière lui ce tourment dans la nuit.

La pointe nord de Portland

Il courut jusqu'à essoufflement, au hasard, éperdu, dans la neige, dans la plaine, dans l'espace. Cette fuite le réchauffa. Il en avait besoin. Sans cette course et sans cette épouvante, il était mort.

Tout à coup il sentit que son estomac le tiraillait. Une pensée, qui tout de suite éclipsa la hideuse apparition de la colline, lui vint violemment : manger.

Mais quoi manger ? mais où manger ? mais comment manger ?

Il hâta le pas. Sans savoir où il allait, il hâta le pas vers le logis possible.

Cette foi à l'auberge fait partie des racines de la providence dans l'homme.

Croire à un gîte, c'est croire en Dieu.

Du reste, dans cette plaine de neige, rien qui ressemblât à un toit.

L'enfant marchait, la lande continuait, nue à perte de vue.

Il n'y avait jamais eu sur ce plateau d'habitation humaine.

Il avait devant lui, pour tout horizon, une vaste opacité livide. Au fond d'un lointain pli de terrain, rampaient et flottaient de vagues lambeaux noirs, espèces d'arrachements diffus. Cette opacité blafarde, c'était du brouillard; ces lambeaux noirs, c'étaient des fumées. Où il y a des fumées, il y a des hommes. L'enfant se dirigea de ce côté.

Il était arrivé à l'isthme de Portland, alluvion diluvienne qu'on appelle Chess-Hill.

Il s'engagea sur le versant du plateau.

Il écoutait au loin, à sa gauche, un bruit vaste et faible, pareil à un profond chant de clairon. Il y avait dans l'air en effet un remuement de souffles précédant cet effrayant vent boréal qu'on entend venir du pôle comme une arrivée de trompettes. En même temps, l'enfant sentait par moments sur son front quelque chose qui ressemblait à des paumes de mains froides se posant sur son visage. C'étaient de larges flocons glacés annonçant l'orage de neige. L'orage de neige qui, depuis plus d'une heure déjà, était sur la mer, commençait à gagner la terre.

LIVRE DEUXIÈME

L'OURQUE EN MER

Les lois qui sont hors de l'homme

La tempête de neige est une des choses inconnues de la mer. La mer a ses migraines. On peut assimiler les tempêtes aux maladies. Les unes sont mortelles, d'autres ne le sont point; on se tire de celle-ci et non de celle-là. La bourrasque de neige passe pour être habituellement mortelle.

La *Matutina* s'était résolument engagée dans ce grand hasard nocturne qu'une approche d'orage aggravait.

Les silhouettes du commencement fixées

Tant que l'ourque fut dans le golfe de Portland, il y eut peu de mer. L'ourque longeait le plus possible la falaise qui lui était un bon paravent.

On était dix sur la petite felouque biscayenne, trois hommes d'équipage, et sept passagers, dont deux femmes. Des cinq hommes accompagnant les deux femmes, un était français languedocien, un était français provençal, un était génois, un, vieux, paraissait allemand, le cinquième, le chef, était un Basque landais de Biscarosse. C'était lui qui, au moment où l'enfant allait entrer dans l'ourque, avait d'un coup de talon jeté la passerelle à la mer.

Ce chef de la troupe et le patron de l'ourque, et les deux hommes d'équipage, basques tous quatre, parlaient tantôt basque, tantôt espagnol, tantôt français, ces trois langues étant répandues sur les deux revers des Pyrénées. Du reste, hormis les femmes, tous parlaient à peu près le français, qui était le fond de l'argot de la bande.

Tout le temps que l'ourque fut dans le golfe, le ciel, bien que de mauvaise mine, ne parut point assez gâté pour préoccuper les fugitifs. On se sauvait, on s'échappait, on était brutalement gai. L'un riait, l'autre chantait.

Tous semblaient allégés, un excepté, qui était le vieux de la troupe.

Ce vieux, qui paraissait plutôt allemand qu'autre chose, était chauve, et si grave que sa calvitie semblait une tonsure. Chaque fois qu'il passait devant la Sainte Vierge de la proue, il soulevait son feutre, et l'on pouvait apercevoir les veines gonflées et séniles de son crâne. Il avait ce qu'on pourrait nommer la physionomie blême. Il y avait de l'illisible sur cette figure. On comprenait que cet homme avait connu l'avant-goût du mal, qui est le calcul, et l'arrière-goût, qui est le zéro. C'était l'homme que le crime a laissé pensif. Ses rares cheveux gris étaient blancs sur les tempes. Des nœuds de goutte déformaient ses doigts disséqués par la maigreur ; sa haute taille roide était ridicule ; il avait le pied marin. Il marchait lentement sur le pont sans regarder personne, d'un air convaincu et sinistre. Ses prunelles étaient vaguement pleines de la lueur fixe d'une âme attentive aux ténèbres et sujette à des réapparitions de conscience.

De temps en temps le chef de la bande, brusque et alerte, et faisant de rapides zigzags dans le navire, venait lui parler à l'oreille. Le vieillard répondait d'un signe de tête.

Les hommes inquiets sur la mer inquiète

Deux hommes sur le navire étaient absorbés, ce vieillard et le patron de l'ourque, qu'il ne faut pas confondre avec le chef de la bande ; le patron était absorbé par la mer, le vieillard par le ciel. L'un ne quittait pas des yeux la vague, l'autre attachait sa surveillance aux nuages.

Le patron tenait lui-même la barre le plus possible, paraissant ne se fier qu'à lui pour ne perdre aucune force. Il gouvernait à la fois timidement et hardiment, veillait aux écarts subits. Sa prunelle, imperturbablement baissée, examinait toutes les formes que prenait l'eau.

Les grands balancements du large commencèrent. La mer, dans les écartements de l'écume, était d'apparence visqueuse. Çà et là une lame offrait des fêlures et des étoiles, comme une vitre où l'on a jeté des pierres. Au centre de ces étoiles. dans un trou tournoyant, tremblait une phosphorescence, assez semblable à cette réverbération féline de la lumière disparue qui est dans la prunelle des chouettes.

Entrée en scène d'un nuage différent des autres

Le vieux homme ne quittait plus l'avant. Son attention se partageait entre le ciel et l'océan. Il baissait les yeux, puis les relevait ; ce qu'il scrutait surtout, c'était le nord-est.

Le patron confia la barre à un matelot, enjamba le panneau de la fosse aux câbles, traversa le passavant et vint au gaillard de proue.

Il aborda le vieillard, mais non de face. Il se tint un peu en arrière, les coudes serrés aux hanches, les mains écartées, la tête penchée sur l'épaule, l'œil ouvert, le sourcil haut, un coin des lèvres souriant, ce qui est l'attitude de la curiosité, quand elle flotte entre l'ironie et le respect.

– Seigneur...

L'œil du vieillard se fixa sur lui. La tête tourna sans que le corps remuât.

– Appelle-moi docteur.

Le docteur – nous le nommerons ainsi dorénavant – parut consentir au dialogue :

– Patron, où te diriges-tu ?

– À une anse que je connais entre Loyola et Saint-Sébastien.

– Comment mesures-tu l'angle que fait la route du navire avec la quille ?

– J'ai mon compas de variation, et puis je devine.

– Deviner, c'est bien ; savoir, c'est mieux.

L'œil du docteur se fixa sur le nord-est. Il se passait sur ce visage glacial quelque chose d'extraordinaire.

Toute la quantité d'effroi possible à un masque de pierre y était peinte. Sa prunelle, devenue tout à fait de hibou et toute ronde, s'était dilatée de stupeur en examinant un point de l'espace.

– Cela vient de loin, mais cela sait ce que cela fait. Patron, vois-tu ?

– Quoi ?

– Là-bas. Qu'est-ce ?

– Un coin du ciel.

– Pour ceux qui vont au ciel, dit le docteur. Pour ceux qui vont ailleurs, c'est autre chose.

Et il souligna ces paroles d'énigme d'un effrayant regard perdu dans l'ombre.

Il y eut un silence.

Le patron se posa en lui-même cette question : Est-ce un fou ? Est-ce un sage ?

L'index osseux et rigide du docteur était demeuré dressé vers le coin bleu trouble de l'horizon.

Le patron examina ce bleu.

– En effet, grommela-t-il, ce n'est pas du ciel, c'est du nuage.

– Nuage bleu pire que nuage noir, dit le docteur. C'est le nuage de la neige. Sais-tu ce que c'est que le nuage de la neige ?

– Non.

– Tu le sauras tout à l'heure. Mets le cap à l'ouest

– Pas possible.

– Comme tu voudras. Ce que je t'en dis, c'est pour les autres. Moi, j'accepte.

– Mais, seigneur docteur, le cap à l'ouest… C'est peut-être le mât rompu !

– Peut-être. Patron, sais-tu quel est aujourd'hui pour nous le nom de la mort ?

– Non.

– La mort s'appelle l'est.

– Je gouvernerai à l'ouest.

Le docteur cette fois regarda le patron, et le regarda avec ce regard qui appuie comme pour enfoncer une pensée dans un cerveau. Il s'était tourné tout entier vers le patron et il prononça ces paroles lentement, syllabe à syllabe :

– Si cette nuit, quand nous serons au milieu de la mer, nous entendons le son d'une cloche, le navire est perdu.

– Que voulez-vous dire ?

– Le moment est venu pour les âmes noires de se laver.

Le patron fit cette moue expressive qui rapproche du nez tout le bas du visage.

– C'est plutôt le fou que le sage, grommela-t-il

Et il s'éloigna.

Cependant il mit le cap à l'ouest.

Mais le vent et la mer grossissaient.

Hardquanonne

Le modelé des nuages devenait inquiétant.

La nuée bleue tenait tout le fond du ciel. Il y en avait maintenant autant à l'ouest qu'à l'est. Elle avançait contre la brise.

La mer qui, le moment d'auparavant, avait des écailles, avait maintenant une peau. Cette peau, plombée et sale, semblait épaisse et se ridait lourdement. À la surface, des bouillons de houle, isolés, pareils à des pustules, s'arrondissaient, puis crevaient. L'écume ressemblait à une lèpre.

C'est à cet instant-là que l'ourque alluma son fanal.

Un quart d'heure s'écoula.

Le patron chercha des yeux le docteur ; il n'était plus sur le pont.

Sitôt que le patron l'avait quitté, le docteur était entré dans la cabine. Là il s'était assis près du fourneau ; il avait tiré de sa poche un encrier de chagrin et un portefeuille de cordouan ; il avait extrait du portefeuille un parchemin plié en quatre, vieux, taché et jaune ; il avait déplié cette feuille, pris une plume dans l'étui de son encrier, posé à plat le portefeuille sur son genou et le parchemin sur le portefeuille, et, sur le verso de ce parchemin, au rayonnement de la lanterne qui éclairait le cuisinier, il s'était mis à écrire. Les secousses du flot le gênaient. Le docteur écrivit longuement.

Tout en écrivant, le docteur remarqua la gourde d'aguardiente que le Provençal dégustait. Le docteur remarqua cette gourde, non parce que c'était une bouteille d'eau-de-vie, mais à cause d'un nom qui était tressé dans l'osier. Le docteur, s'interrompant, l'épela à demi-voix :

– Hardquanonne.

Puis il s'adressa au cuisinier :

– Je n'avais pas encore fait attention à cette gourde. Est-ce qu'elle a appartenu à Hardquanonne ?

– À notre pauvre camarade Hardquanonne ? fit le cuisinier. Oui.

Le docteur poursuivit :

– À Hardquanonne, le Flamand de Flandre ?

– Oui.

– Qui est en prison ?

– C'est sa gourde, répondit le cuisinier, et c'était mon ami. Je la garde en souvenir de lui.

Le docteur reprit sa plume. Malgré le tremblement du bâtiment et le tremblement de l'âge, il vint à bout de ce qu'il voulait écrire.

Il était temps, car subitement il y eut un coup de mer.

Une arrivée impétueuse de flots assaillit l'ourque, et l'on sentit poindre cette danse effrayante par laquelle les navires accueillent la tempête.

Le docteur sécha, comme il put, au feu de la marmite les lignes qu'il venait d'écrire, replia le parchemin dans le portefeuille, et remit le portefeuille et l'écritoire dans sa poche.

Puis il retourna sur le pont.

Nix et nox[1]

Ce qui caractérise la tempête de neige, c'est qu'elle est noire. L'aspect habituel de la nature dans l'orage, terre ou mer obscure, ciel blême, est renversé ; le ciel est noir, l'océan est blanc. En bas écume, en haut ténèbres. Le monde devient subitement une voûte de cave. De cette nuit tombe une poussière de taches pâles qui hésitent entre ce ciel et cette mer. Ces taches, qui sont les flocons de neige, glissent, errent et flottent. À cet ensemencement se mêle une bise forcenée.

Dans le vent polaire, qui est électrique, les flocons se font tout de suite grêlons, et l'air s'emplit de projectiles. L'eau pétille, mitraillée.

La tempête de neige, c'est la tempête aveugle et muette.

La *Matutina* courait. Son penchement sous voiles faisait par instants avec la mer un affreux angle de quinze degrés, mais sa bonne quille ventrue adhérait au flot comme à de la glu.

De temps en temps un vaste éclair, couleur de cuivre rouge, apparaissait derrière les superpositions obscures de l'horizon et du zénith. Cet élargissement vermeil montrait l'horreur des nuées. Sur ce fond de feu les flocons de neige devenaient noirs, et l'on eût dit des papillons sombres volant dans une fournaise. Puis tout s'éteignait.

1. Neige et nuit.

La première explosion passée, la bourrasque, chassant toujours l'ourque, se mit à rugir en basse continue.

L'ourque continuait éperdument sa course. À chaque instant, des paquets d'eau traversaient le pont comme un déluge. La neige aveuglante tourbillonnait. Les crachats de la houle s'y ajoutaient. Tout était furieux.

En ce moment, le chef de la bande, debout à l'arrière sur la barre d'arcasse, arrogant, content, la face altière, les cheveux farouches, ivre de toute cette ombre, cria :

– Nous sommes libres !

Et la bande hurla dans la tempête :

– Hurrah !

À l'instant où cette clameur s'éteignait parmi les rafales, une voix grave et haute s'éleva à l'autre extrémité du navire, et dit :

– Silence !

Toutes les têtes se retournèrent.

Ils venaient de reconnaître la voix du docteur. L'obscurité était épaisse ; le docteur était adossé au mât avec lequel sa maigreur se confondait, on ne le voyait pas.

La voix reprit :

– Écoutez !

Tous se turent.

Alors on entendit distinctement dans les ténèbres le tintement d'une cloche.

Soin confié à la mer furieuse

Le patron de la barque, qui tenait la barre, éclata de rire.

– Une cloche ! C'est bon. Nous chassons à bâbord. Que prouve cette cloche ? Que nous avons la terre à dextribord.

La voix ferme et lente du docteur répondit :

– Vous n'avez pas la terre à tribord. Cette cloche, dit le docteur, vient de la mer.

Il y eut un frisson parmi ces hommes hardis. Le docteur fit un pas, et sa longue forme noire se détacha du mât. On entendait la cloche tinter au fond de la nuit.

Le docteur reprit :

– Il y a, au milieu de la mer, à moitié chemin entre Portland et l'archipel de la Manche, une bouée, qui est là pour avertir. Cette bouée est amarrée avec des chaînes aux bas-fonds et flotte à fleur d'eau. Sur cette bouée est fixé un tréteau de fer, et à la traverse de ce tréteau est suspendue une cloche. Dans le gros temps, la mer secoue la bouée, et la cloche sonne. Cette cloche, vous l'entendez. Si vous entendez le bruit de cette cloche, c'est que le vent vous l'apporte. Or le vent vient de l'ouest et les brisants d'Aurigny sont à l'est. Vous ne pouvez entendre la cloche que parce que vous êtes entre la bouée et les brisants. C'est sur ces brisants que le vent vous pousse. Vous êtes du mauvais côté de la bouée. Si vous étiez du bon, vous seriez au large, en haute mer, en route sûre, et vous n'entendriez pas la cloche. Le vent n'en porterait pas le bruit vers vous. Nous avons dévié. Cette cloche, c'est le naufrage qui sonne le tocsin.

La cloche, apaisée par une baisse de brise, sonnait lentement, un coup après l'autre, et ce tintement intermittent semblait prendre acte des paroles du vieillard. On eût dit le glas de l'abîme.

Tous écoutaient, haletants, tantôt cette voix, tantôt cette cloche.

La grande sauvage, c'est la tempête

Cependant le patron avait saisi son porte-voix.

– Mordons à l'ouest! reprenons de la mer! le cap sur la cloche! il y a du large là-bas. Tout n'est pas désespéré.

L'ordre du patron fut obéi. On sangla tous les rabans, on noua les cargue-points, les cargue-fonds et les cargue-boulines; on jumela le mât; on cloua les mantelets de sabord, ce qui est une façon de murer le navire. L'ourque fut ramenée à la simplification de détresse. Mais à mesure que le bâtiment, serrant tout, s'amoindrissait, le bouleversement de l'air et de l'eau croissait sur lui. La hauteur des houles atteignait presque la dimension polaire.

L'ouragan, comme un bourreau pressé, se mit à écarteler le navire. Ce fut, en un clin d'œil, un arrachement effroyable, les huniers déralingués, le bordage rasé, les haubans saccagés, le mât brisé, tout le fracas du désastre volant en éclats.

La tension magnétique propre aux orages de neige aidait à la rupture des cordages. Une lame emporta la boussole avec l'habitacle. Une autre lame emporta le canot. Une autre lame emporta la Notre-Dame de proue et la cage à feu.

Il ne restait que le gouvernail.

Le mât, cassé en deux, tout hérissé de haillons frissonnants, de cordes, de moufles et de vergues, encombrait le pont. En tombant, il avait brisé un pan de la muraille de tribord.

Le patron, toujours à la barre, cria :

– Des haches ! des haches ! Le mât à la mer ! dégagez le pont.

Ce fut l'affaire de quelques coups de cognée. On poussa le mât par-dessus le bord.

– Maintenant, reprit le patron, prenez une drisse et amarrez-moi à la barre.

On le lia au timon.

Et quand il fut garrotté, il empoigna le timon à deux poings avec cette joie étrange que donne le danger.

– Tout est bien, camarades ! Gouvernons à l'ouest !

Une lame de travers, colossale, vint, et s'abattit sur l'arrière. Un engloutissement d'écume couvrit toute la poupe de la *Matutina*, on entendit dans cette mêlée d'eau et de nuit une dislocation.

Quand l'écume se dissipa, il n'y avait plus ni patron, ni gouvernail.

Tout avait été arraché.

La barre et l'homme qu'on venait d'y lier s'en

étaient allés avec la vague dans le pêle-mêle hennissant de la tempête.

À dater de ce moment, l'ourque ne fut plus qu'une épave. La *Matutina* était irrémédiablement désemparée. Ce navire, tout à l'heure ailé, et presque terrible dans sa course, était maintenant impotent. Pas une manœuvre qui ne fût tronquée et désarticulée. Il obéissait, ankylosé et passif, aux furies bizarres de la flottaison.

La cloche du milieu de la mer sonnait désespérément, comme secouée par une main farouche.

La *Matutina* s'en allait au hasard des vagues ; un bouchon de liège a de ces ondulations ; elle ne voguait plus, elle surnageait ; elle semblait à chaque instant prête à se retourner le ventre à fleur d'eau comme un poisson mort. Ce qui la sauvait de cette perdition, c'était la bonne conservation de la coque, parfaitement étanche. Il n'y avait ni fissure, ni crevasse, et pas une goutte d'eau n'entrait dans la cale. Heureusement, car une avarie avait atteint la pompe et l'avait mise hors de service.

L'ourque dansait hideusement dans l'angoisse des flots. Le bruit de la cloche allait s'affaiblissant. On eût dit qu'elle aussi agonisait. Son tintement n'était plus qu'un râle intermittent. Puis ce râle s'éteignit. Où étaient-ils donc ? et à quelle distance étaient-ils de la bouée ? Le bruit de la cloche les avait effrayés, son silence les terrifia. L'épave courait dans le noir. Ils sentaient du précipice devant eux, sous eux, sur eux. Ce n'était plus une course, c'était une chute.

Brusquement, dans l'énorme tumulte du brouillard de neige, une rougeur apparut.

– Un phare ! crièrent les naufragés.

Les Casquets

C'était en effet la Light-House des Casquets.

À un navire en manœuvre, pourvu de toutes ses ressources de gréement, et maniable au pilote, le phare des Casquets est utile. Il crie : Gare ! Il avertit de l'écueil. À un navire désemparé, il n'est que terrible. Le phare lui montre l'endroit suprême, signale le lieu de disparition, fait le jour sur l'ensevelissement. Il est la chandelle du sépulcre.

Corps à corps avec l'écueil

Cette mystérieuse dérision ajoutée au naufrage, les misérables en détresse sur la *Matutina* la comprirent tout de suite. L'apparition du phare les releva d'abord, puis les accabla. Rien à faire, rien à tenter. On dérivait rapidement vers le récif. Les naufragés écoutaient les sourds engouffrements de la vague dans les hiatus sous-marins du profond rocher. Ils distinguaient au-dessous du phare la passe étroite de l'affreux petit havre sauvage qu'on devinait plein de squelettes d'hommes et de carcasses de navires. C'était une bouche d'antre, plutôt qu'une entrée de port. Les brisants, estompés d'abord, se dessinaient maintenant nettement, fouillis de roches, avec des pics, des crêtes et des vertèbres. À mesure qu'on avançait, le relief de l'écueil croissait et montait, sinistre.

À défaut du patron, qui était le pilote, restait le chef, qui était le capitaine.

On arrivait, on allait toucher. On fut tout à coup si près de la grande roche du nord des Casquets, que subitement elle éclipsa le phare. On ne vit plus qu'elle, et de la lueur derrière.

Cette roche mal famée se nomme le Biblet.

Une hiloire à peu près détachée de ses liaisons oscillait dans le bordage. Le chef l'étreignit de ses deux poings, et dit :

– Aidez-moi.

On détacha l'hiloire. C'était une assez longue poutre pouvant servir d'engin d'attaque et de point d'appui ; levier contre un fardeau, bélier contre une tour.

Ils se mirent six, arc-boutés au tronçon du mât, tenant l'hiloire horizontale hors du bord et droite comme une lance devant la hanche de l'écueil.

La manœuvre était périlleuse. Donner une poussée à une montagne, c'est une audace. Les six hommes pouvaient être jetés à l'eau du contrecoup.

Il y eut une de ces minutes pendant lesquelles les cheveux blanchissent.

L'écueil et le navire, on allait s'aborder.

Une houle accourut, désordonnée. Elle prit le navire en dessous, le souleva et le balança un moment, comme la fronde balance le projectile.

– Fermes ! cria le chef. Ce n'est qu'un rocher, nous sommes des hommes.

La poutre était en arrêt. Les six hommes ne faisaient qu'un avec elle.

La houle jeta l'ourque contre le roc.

Le choc eut lieu.

Quand l'écart se refit entre la vague et le rocher, les six hommes roulaient sur le pont ; mais la *Matutina* fuyait le long du brisant. La poutre avait tenu bon et déterminé une déviation. En quelques secondes, les Casquets furent derrière l'ourque. La *Matutina*, pour l'instant, était hors de péril immédiat.

Mais la poutre était à la mer. La dureté du choc l'avait fait sauter hors des mains des hommes pardessus le bord, et elle s'était perdue dans le flot.

L'ouragan remporta la *Matutina*. Tout de suite les Casquets semblèrent à l'horizon un encombrement inutile.

Le phare, reculant, pâlit, blêmit, puis s'effaça.

La cloche, qui était une menace, s'était tue ; le phare, qui était une menace, s'était évanoui. Pourtant, quand ces deux menaces eurent disparu, ce fut plus terrible. L'une était une voix, l'autre était un flambeau. Elles avaient quelque chose d'humain. Elles de moins, resta l'abîme.

Portentosum mare[1]

Cependant un épaississement de brume s'était abattu sur ces malheureux en dérive. Ils ignoraient où

1. La mer monstrueuse.

ils étaient. Ils voyaient à peine à quelques encablures autour de l'ourque.

La vague, de plus en plus gonflée, devenait courte. Une pâle éclaircie se fit au zénith, cette lividité démasqua à bâbord un long barrage en travers à l'est, et vers lequel se ruait, chassant le navire devant elle, la poussée du vent. Ce barrage était Aurigny.

Pas d'île défendue contre la venue de l'homme comme Aurigny. Elle a sous l'eau et hors de l'eau une garde féroce. À l'ouest, Burhou, Sauteriaux, Anfroque, Niangle ; à l'est, Sauquet, Hommeau, la Fourche. Qu'est-ce que tous ces monstres ? des hydres ? Oui, de l'espèce écueil.

Un de ces récifs s'appelle le But, comme pour indiquer que tout voyage finit là.

Cet encombrement d'écueils, simplifié par l'eau et la nuit, apparaissait aux naufragés sous la forme d'une simple bande obscure, sorte de rature noire sur l'horizon.

Soudain l'ourque fut repoussée en arrière comme par le coup de poing d'un titan. La houle se cabra sous le navire et se renversa, rejetant l'épave dans sa crinière d'écume. La *Matutina*, sous cette impulsion, s'écarta d'Aurigny.

Elle se retrouva au large.

D'où arrivait ce secours ? Du vent.

Le souffle de l'orage venait de se déplacer.

Les brusqueries de l'océan sont obscures. Elles sont le perpétuel peut-être. L'océan s'amuse. Quelquefois la tempête bâcle le naufrage ; quelquefois elle le travaille avec soin ; on pourrait presque dire : elle le caresse. La mer a le temps. Les agonisants s'en aperçoivent.

La *Matutina* fut impétueusement traînée au large par ce qui lui restait d'agrès comme une morte par les cheveux. Cela ressembla à ces délivrances accordées par Tibère, à prix de viol. Le vent brutalisait ceux qu'il sauvait. Il leur rendait service avec fureur. Ce fut du secours sans pitié.

L'épave, dans ce rudoiement libérateur, acheva de se disloquer.

Des grêlons, gros et durs à charger un tromblon, criblaient le bâtiment.

À tous les renversements du flot, ces grêlons roulaient sur le pont comme des billes.

L'ourque, presque entre deux eaux, perdait toute forme sous les retombées de vagues et sous les effondrements d'écume. Chacun dans le navire songeait à soi.

Se cramponnait qui pouvait. Après chaque paquet de mer, on avait la surprise de se retrouver tous. Plusieurs avaient le visage déchiré par des éclats de bois.

Heureusement le désespoir a les poings solides. Une main d'enfant dans l'effroi a une étreinte de géant. Ils s'accrochaient, se tenaient, se retenaient. Mais toutes les vagues leur apportaient l'épouvante du balaiement.

Soudainement ils furent soulagés.

Douceur subite de l'énigme

L'ouragan venait de s'arrêter court.

Il n'y eut plus dans l'air ni suroît, ni noroît. Les clairons forcenés de l'espace se turent. La trombe sortit du ciel, sans diminution préalable, sans transition, et comme si elle-même avait glissé à pic dans un gouffre. On ne sut plus où elle était. Les flocons remplacèrent les grêlons. La neige recommença à tomber lentement.

Plus de flot. La mer s'aplatit.

Ces soudaines cessations sont propres aux bourrasques de neige. Comme un travailleur après une fatigue, le flot s'assoupit immédiatement.

Au bout de quelques minutes, l'ourque n'avait plus autour d'elle qu'une eau endormie.

En même temps, on ne distingua plus rien. Tout ce qui était devenu visible dans les convulsions des nuages météoriques redevint trouble, et le sombre de l'infini se rapprocha de toutes parts du navire. Ce mur de nuit enveloppait la *Matutina*, et, avec la lenteur sinistre d'une banquise qui se ferme, se rapetissait formidablement. Au zénith, rien, un couvercle de brume, une clôture. L'ourque était comme au fond du puits de l'abîme.

Dans ce puits, une flaque de plomb liquide, c'était la mer. L'eau ne bougeait plus. Immobilité morne.

Tout était silence, apaisement, aveuglement.

Les derniers clapotements glissaient le long du bordage. Ce qui restait de souffle dans les nuées n'avait plus de bruit. La neige tombait épaisse, molle, à peine oblique. On n'entendait l'écume d'aucun brisant. Paix de ténèbres.

Ce repos, après ces exaspérations et ces paroxysmes, fut pour les malheureux si longtemps ballottés un indicible bien-être. Ils reprirent confiance. Tout ce qui avait été furie était maintenant tranquillité. Cela leur parut une paix signée. Leurs poitrines misérables se dilatèrent. Ils pouvaient lâcher le bout de corde ou de planche qu'ils tenaient, se lever, se redresser, se tenir debout, marcher, se mouvoir. Il était clair qu'ils étaient bien décidément hors de la rafale, hors de l'écume, hors des souffles, hors des rages, délivrés.

On avait désormais toutes les chances pour soi. Dans trois ou quatre heures, le jour se lèverait, on serait aperçu par quelque navire passant, on serait recueilli. On rentrait dans la vie. L'important, c'était d'avoir pu se soutenir sur l'eau jusqu'à la cessation de la tempête. Ils se disaient : « Cette fois, c'est fini. »

Tout à coup ils s'aperçurent que c'était fini en effet.

Un des matelots, le Basque du nord, nommé Galdeazun, descendit, pour chercher du câble, dans la cale, puis remonta, et dit :

– La cale est pleine.

– De quoi ? demanda le chef.

– D'eau, répondit le matelot.

Le chef cria :

– Qu'est-ce que cela veut dire ?

– Cela veut dire, reprit Galdeazun, que dans une demi-heure nous allons sombrer.

La ressource dernière

Il y avait une crevasse dans la quille. Une voie d'eau s'était faite. Ils ne s'en étaient point aperçus. Dans le tétanos, on ne sent pas une piqûre.

Le chef cria :

– Il faut pomper.

Galdeazun répondit :

– Nous n'avons plus de pompe.

– Où est le canot ?

– Nous n'avons plus de canot.

– Ramons sur l'épave.

– Nous n'avons plus d'avirons.

– À la voile alors !

– Nous n'avons plus de voile, et plus de mât.

– Faisons un mât avec une hiloire, faisons une voile avec un prélart. Tirons-nous de là. Confions-nous au vent !

– Il n'y a plus de vent.

Le vent en effet les avait quittés. La tempête s'en était allée, et ce départ, qu'ils avaient pris pour leur salut, était leur perte. Le rapide emportement de l'orage eût pu leur faire prendre terre. Point de vent, plus d'espoir. Ils mourraient de l'absence d'ouragan.

Le vent, la grêle, la bourrasque, le tourbillon, sont des combattants désordonnés qu'on peut vaincre. Mais rien à faire contre le calme.

L'eau, sans hâte, mais sans interruption, irrésistible et lourde, montait dans la cale, et, à mesure qu'elle montait, le navire descendait. Cela était très lent.

Les naufragés de la *Matutina* sentaient peu à peu s'entrouvrir sous eux la plus désespérée des catastrophes, la catastrophe inerte. L'immobile, c'est l'inexorable. L'engloutissement les résorbait en silence. Ce n'était plus la gueule béante du flot, la double mâchoire du coup de vent et du coup de mer, l'appétit écumant de la houle ; c'était sous ces misérables on ne sait quel bâillement noir de l'infini. Ils se sentaient entrer dans une profondeur paisible qui était la mort. C'était tout le contraire de la submersion par la marée montante. L'eau ne montait pas vers eux, ils descendaient vers elle. Le creusement de leur tombe venait d'eux-mêmes. Leur poids était le fossoyeur.

Ils étaient exécutés, non par la loi des hommes, mais par la loi des choses.

La neige tombait, et, comme l'épave ne remuait plus, cette charpie blanche faisait sur le pont une nappe et couvrait le navire d'un suaire.

La cale allait s'alourdissant. On s'éclaira ; on alluma trois ou quatre torches qu'on planta dans des trous et comme on put.

Le chef dit :

– Allégeons l'épave !

Pendant la tempête, on avait amarré les quelques coffres qui étaient sur le pont. Ils étaient restés liés au tronçon du mât. On défit les amarres, et on roula les coffres à l'eau.

Le pont déblayé, restait la cabine. On acheva de vider la cabine. La lanterne, le chouquet, les barils, les sacs, la marmite avec la soupe, tout alla aux flots.

La ressource suprême

L'épave, allégée, s'enfonçait un peu moins, mais s'enfonçait toujours.

– Y a-t-il encore quelque chose à jeter à la mer? cria le chef.

Le docteur, auquel personne ne songeait plus, sortit d'un angle du capot de cabine, et dit :

– Oui. Notre crime.

Il y eut un frémissement.

Le docteur, debout et blême, leva un doigt vers le ciel, et dit :

– À genoux. Jetons à la mer nos crimes. Ils pèsent sur nous. C'est là ce qui enfonce le navire. Ne songeons plus au sauvetage, songeons au salut. Notre dernier crime surtout, celui que nous avons commis, ou, pour mieux dire, complété tout à l'heure, misérables qui m'écoutez, il nous accable. Ce qui est fait contre un enfant est fait contre Dieu. Songez que c'est nous qui avons fait notre possible pour envoyer là-haut quelqu'un, cet enfant, et qu'en ce moment-ci même, à l'instant où je parle, il y a peut-être au-dessus de nos têtes une âme qui nous accuse devant un juge qui nous regarde. Mettons à profit le sursis suprême. Efforçons-nous, si cela se peut encore, de réparer, dans tout ce qui dépend de nous, le mal que nous avons fait. Si l'enfant nous survit, venons-lui en aide. S'il meurt, tâchons qu'il nous pardonne. Déchargeons de ce poids nos consciences. À genoux, vous dis-je. Vous n'avez plus de boussole? Erreur. Vous avez la prière.

Ils crièrent au docteur :

– Nous t'obéirons. Que faut-il faire ? parle.

Le docteur répondit :

– Il s'agit de passer par-dessus le précipice inconnu et d'atteindre l'autre bord de la vie, qui est au-delà du tombeau. Combien de temps nous reste-t-il encore ?

Galdeazun regarda à l'étiage et répondit :

– Un peu plus d'un quart d'heure.

– Bien, dit le docteur.

Le toit bas du capot, où il s'accoudait, faisait une espèce de table. Le docteur prit dans sa poche son écritoire et sa plume, et son portefeuille d'où il tira un parchemin, le même sur le revers duquel il avait écrit, quelques heures auparavant, une vingtaine de lignes tortueuses et serrées.

Alors, au milieu de la mer, sur ce ponton décroissant, sorte de plancher tremblant du tombeau, commença, gravement faite par le docteur, une lecture que toute l'ombre semblait écouter. Tous ces condamnés baissaient la tête autour de lui. Le flamboiement de la torche accentuait leurs pâleurs. Ce que lisait le docteur était écrit en anglais. Par intervalles, quand un de ces regards lamentables paraissait désirer un éclaircissement, le docteur s'interrompait et répétait, soit en français, soit en espagnol, soit en basque, soit en italien, le passage qu'il venait de lire. On entendait des sanglots étouffés et des coups sourds frappés sur les poitrines. L'épave continuait de s'enfoncer.

La lecture achevée, le docteur posa le parchemin à

plat sur le capot, saisit la plume, et, sur une marge blanche ménagée au bas de ce qu'il avait écrit, il signa :

DOCTOR GERNARDUS GEESTEMUNDE.

Puis, se tournant vers les autres, il dit :

– Venez, et signez.

Sous ces signatures, le docteur écrivit cette note :

De trois hommes d'équipage, le patron ayant été enlevé par un coup de mer, il ne reste que deux, et ont signé.

Puis le docteur dit :

– Capgaroupe.

– Présent, dit le Provençal.

– Tu as la gourde de Hardquanonne ?

– Oui.

– Donne-la-moi.

Capgaroupe but la dernière gorgée d'eau-de-vie et tendit la gourde au docteur.

La crue intérieure du flot s'aggravait. L'épave entrait de plus en plus dans la mer.

Le docteur plia le parchemin à plis plus étroits que le diamètre du goulot, et l'introduisit dans la gourde. Il cria :

– Le bouchon.

– Je ne sais où il est, dit Capgaroupe.

– Voici un bout de funin, dit Jacques Quatourze.

Le docteur boucha la gourde avec ce funin, et dit :

– Du goudron.

Galdeazun alla de l'avant, appuya un étouffoir d'étoupe sur la grenade à brûlot qui s'éteignait, la décrocha de l'étrave et l'apporta au docteur, à demi pleine de goudron bouillant.

Le docteur plongea le goulot de la gourde dans le goudron, et l'en retira. La gourde, qui contenait le parchemin signé de tous, était bouchée et goudronnée.

– C'est fait, dit le docteur.

Et de toutes ces bouches sortit, vaguement bégayé en toutes langues, le brouhaha lugubre des catacombes.

– Ainsi soit-il !

Le docteur tourna le dos à ses compagnons de crime et de détresse, et fit quelques pas vers le bordage. Arrivé au bord de l'épave, il regarda dans l'infini, et dit avec un accent profond :

– Maintenant nous allons mourir. Prions.

Tous se mirent à genoux.

Ce n'était déjà plus dans la neige, c'était dans l'eau qu'ils s'agenouillaient.

Ils n'avaient plus que quelques minutes.

Le docteur fit un signe de croix, et éleva la voix pendant que sous ses pieds commençait cette oscillation presque indistincte qui annonce l'instant où une épave va plonger. Il dit :

– *Pater noster qui es in cœlis.*

Le Provençal répéta en français :

– Notre Père qui êtes aux cieux…

Les agenouillés avaient de l'eau jusqu'aux épaules.

Le docteur reprit :

– *Fiat voluntas tua.*

Aucune voix ne lui répondit.

Il baissa les yeux. Toutes les têtes étaient sous l'eau. Pas un ne s'était levé. Ils s'étaient laissé noyer à genoux.

Le docteur prit dans sa main droite la gourde qu'il avait déposée sur le capot, et l'éleva au-dessus de sa tête.

L'épave coulait.

Tout en enfonçant, le docteur murmurait le reste de la prière.

Son buste fut hors de l'eau un moment, puis sa tête, puis il n'y eut plus que son bras tenant la gourde, comme s'il la montrait à l'infini.

Ce bras disparut. La profonde mer n'eut pas plus de pli qu'une tonne d'huile. La neige continuait de tomber.

Quelque chose surnagea, et s'en alla sur le flot dans l'ombre. C'était la gourde goudronnée que son enveloppe d'osier soutenait.

LIVRE TROISIÈME

L'ENFANT DANS L'OMBRE

Le Chess-Hill

La tempête n'était pas moins intense sur terre que sur mer. Le même déchaînement farouche s'était fait autour de l'enfant abandonné.

L'enfant, étrange lutteur au milieu de tous ces risques, avait réussi à atteindre le bas de la descente, et s'était engagé dans le Chess-Hill. Il était, sans le savoir, sur un isthme, ayant des deux côtés l'océan. Il marchait, ignorant, entre deux abîmes.

L'isthme de Portland, il y a deux cents ans, était un dos d'âne de sable avec une épine vertébrale de rocher.

Savoir ce que l'on affronte est alarmant, mais l'ignorer est terrible. L'enfant combattait le danger inconnu. Il était à tâtons dans quelque chose qui était peut-être la tombe.

Il marchait rapide dans ses vêtements roidis. Pourtant il avait eu l'industrie de conserver sèche et chaude sur sa poitrine sa vareuse de matelot. Il avait toujours bien faim.

Au bout d'un peu moins d'une heure, il arrivait à l'autre bord, il sortait du Chess-Hill, il était sur la terre ferme.

Il était sauvé de l'isthme, mais il se retrouvait face à face avec la tempête, avec l'hiver, avec la nuit.

Devant lui se développait de nouveau la sombre perte de vue des plaines.

Il regarda à terre, cherchant un sentier.

Tout à coup il se baissa.

Il venait d'apercevoir dans la neige quelque chose qui lui semblait une trace.

C'était une trace en effet, la marque d'un pied. La blancheur de la neige découpait nettement l'empreinte et la faisait très visible. Il la considéra. C'était un pied nu, plus petit qu'un pied d'homme, plus grand qu'un pied d'enfant.

Probablement le pied d'une femme.

Au-delà de cette empreinte, il y en avait une autre, puis une autre ; les empreintes s'enfonçaient dans la plaine vers la droite. Elles étaient encore fraîches et couvertes de peu de neige. Une femme venait de passer là. L'enfant, l'œil fixé sur les empreintes, se mit à suivre ce pas.

Effet de neige

Il chemina un certain temps sur cette piste. Par malheur les traces étaient de moins en moins nettes. La neige tombait dense et affreuse. C'était le moment où l'ourque agonisait sous cette même neige dans la haute mer.

Subitement, les empreintes s'effacèrent. Tout redevint plan, uni, ras, sans une tache, sans un détail. Il n'y eut plus qu'un drap blanc sur la terre et un drap noir sur le ciel.

C'était comme si la passante s'était envolée.

L'enfant aux abois se pencha et chercha. En vain.

Comme il se relevait, il eut la sensation de quelque chose d'indistinct qu'il entendait, mais qu'il n'était pas sûr d'entendre. Cela ressemblait à une voix, à une haleine, à de l'ombre.

C'était un gémissement, presque un sanglot.

Rien de pénétrant, de poignant et de faible comme cette voix. Car c'était une voix. Cela venait d'une âme. Il y avait de la palpitation dans ce murmure. Cela respirait, cela étouffait, cela pleurait. Sombre supplication dans l'invisible.

Comme il hésitait entre un instinct qui le poussait à fuir et un instinct qui lui disait de rester, il aperçut dans la neige, à quelques pas devant lui, une sorte d'ondulation de la dimension d'un corps humain, une petite éminence basse, longue et étroite, pareille au renflement d'une fosse, une ressemblance de sépulture dans un cimetière qui serait blanc.

En même temps, la voix cria.

C'est de là-dessous qu'elle sortait.

L'enfant se baissa, s'accroupit devant l'ondulation, et de ses deux mains en commença le déblaiement.

Il vit se modeler, sous la neige qu'il écartait, une forme, et tout à coup, sous ses mains, dans le creux qu'il avait fait, apparut une face pâle.

Ce n'était point cette face qui criait. Elle avait les yeux fermés et la bouche ouverte, mais pleine de neige.

Elle était immobile. C'était la tête d'une femme. Cette femme était morte.

L'enfant se remit à écarter la neige. Le cou de la morte se dégagea, puis le haut du torse, dont on voyait la chair sous des haillons.

Soudainement il sentit sous son tâtonnement un mouvement faible. L'enfant ôta vivement la neige, et découvrit un misérable corps d'avorton, chétif, blême de froid, encore vivant, nu sur le sein nu de la morte.

C'était une petite fille.

Elle était emmaillotée, mais de pas assez de guenilles, et, en se débattant, elle était sortie de ses loques. Une nourrice lui eût donné cinq ou six mois, mais elle avait un an peut-être, car la croissance dans la misère subit de navrantes réductions qui vont parfois jusqu'au rachitisme. Quand son visage fut à l'air, elle poussa un cri, continuation de son sanglot de détresse.

L'enfant prit la petite dans ses bras.

La petite avait les pieds, les mains, les bras, les genoux, comme paralysés par la glace. Le garçon sentit ce froid terrible.

Il avait sur lui un vêtement sec et chaud, sa vareuse. Il posa le nourrisson sur la poitrine de la morte, ôta sa vareuse, en enveloppa la petite fille, ressaisit l'enfant, et, presque nu maintenant sous les bouffées de neige que soufflait la bise, emportant la petite dans ses bras, il se remit en route.

La petite ayant réussi à retrouver la joue du garçon, y appuya sa bouche, et, réchauffée, s'endormit. Premier baiser de ces deux âmes dans les ténèbres.

Toute voie douloureuse se complique d'un fardeau

Il y avait un peu plus de quatre heures que l'ourque s'était éloignée de la crique de Portland, laissant sur le rivage ce garçon. Depuis ces longues heures qu'il était abandonné, et qu'il marchait devant lui, il n'avait encore fait, dans cette société humaine où peut-être il allait entrer, que trois rencontres, un homme, une femme et un enfant. Un homme, cet homme sur la colline ; une femme, cette femme dans la neige ; un enfant, cette petite fille qu'il avait dans les bras. Il était exténué de fatigue et de faim. Il avançait plus résolument que jamais, avec de la force de moins et un fardeau de plus.

Il se refroidissait, mais l'autre enfant se réchauffait. Il continuait d'avancer. Il traversa sous cette bise, marchant toujours vers l'est, de larges surfaces de neige. Deux ou trois fois la petite cria. Elle finit par se bien endormir, et d'un bon sommeil.

L'haleine tiède de la petite fille effleurait sa joue, le réchauffait un moment, et s'arrêtait et se gelait dans ses cheveux, où elle faisait un glaçon.

Il se rendait compte d'une complication redoutable, il ne pouvait plus tomber. Il sentait qu'il ne se relèverait pas. Il n'aurait plus la force même de se remettre sur ses genoux.

Or le glissement était partout autour de lui ; tout était givre et neige durcie.

Il chancelait, chavirait, se raffermissait, avait soin de l'enfant, lui remettait du vêtement sur elle, lui couvrait la tête, chavirait encore, avançait toujours, glissait, puis se redressait.

Subitement, une interruption s'étant faite dans la bourrasque glaciale qui l'aveuglait, il aperçut à peu de distance devant lui un groupe de pignons et de cheminées mis en relief par la neige, une ville dessinée en blanc sur l'horizon noir.

Des toits, des demeures, un gîte ! Il était donc quelque part ! Il sentit l'ineffable encouragement de l'espérance.

Il touchait donc enfin à des hommes. Il allait donc arriver à des vivants. Ce dont il sortait était fini. Il n'y aurait plus de nuit désormais, ni d'hiver, ni de tempête. Il lui semblait que tout ce qu'il y a de possible dans le mal était maintenant derrière lui. La petite n'était plus un poids. Il courait presque.

Il eut vite fait d'atteindre les habitations.

Autre forme du désert

C'est dans Weymouth qu'il venait d'entrer.

Weymouth était une sorte d'antique village normand échoué sur la côte d'Angleterre.

L'enfant perdu portant l'enfant trouvé suivit la première rue, puis la seconde, puis une troisième. Il levait les yeux cherchant aux étages et sur les toits une vitre éclairée, mais tout était clos et éteint. Par intervalles, il cognait aux portes. Personne ne répondait. Rien ne fait le cœur de pierre comme d'être chaudement entre deux draps.

Il s'engagea à propos dans un couloir. Ce couloir le mena sur une plage qui était un rudiment de quai avec parapet, et à sa droite il distingua un pont.

Le garçon alla à ce pont, qui à cette époque était une passerelle de charpente couverte. Il traversa cette passerelle.

Le pont franchi, il se trouva dans Melcomb-Regis.

Le pont débouchait sur une assez belle rue qui était Saint-Thomas Street. Il y entra. La rue offrait de hauts pignons taillés, et çà et là des devantures de boutiques. Il se remit à frapper aux portes. Il ne lui restait pas assez de force pour appeler et crier. À Melcomb-Regis comme à Weymouth, personne ne bougeait. Un bon double tour avait été donné aux serrures.

Ces coups, où il épuisait sa dernière énergie, étaient désordonnés et saccadés, avec des intermittences et des reprises presque irritées. C'était le battement de sa fièvre frappant aux portes.

Une voix répondit.

Celle de l'heure.

Trois heures du matin sonnèrent lentement derrière lui au vieux clocher de Saint-Nicolas.

Puis tout retomba dans le silence.

Que pas un habitant n'eût même entrouvert une lucarne, cela peut sembler surprenant. Pourtant dans une certaine mesure ce silence s'explique. Il faut dire qu'en janvier 1690 on était au lendemain d'une assez forte peste qu'il y avait eu à Londres, et que la crainte de recevoir des vagabonds malades produisait partout une certaine diminution d'hospitalité. On n'entrebâillait pas même sa fenêtre de peur de respirer leur miasme.

L'enfant sentit le froid des hommes plus terrible que le froid de la nuit.

L'heure, dont il venait de compter les coups, avait été un accablement de plus.

Il s'arrêta. Et il n'est pas certain qu'en cette minute lamentable, il ne se soit pas demandé s'il ne serait pas plus simple de se coucher là et de mourir. Cependant la petite fille posa la tête sur son épaule. Cette confiance obscure le remit en marche.

Il fit des zigzags dans les ruelles, et, au débouché d'un boyau sinueux entre deux masures, se trouva dans un assez large espace libre. C'était un terrain vague, point bâti. Les maisons finissaient là. Il apercevait à sa droite la mer, et presque plus rien de la ville à sa gauche.

Que devenir ? La campagne recommençait.

Tout à coup il entendit une menace.

La misanthropie fait des siennes

On ne sait quel grincement étrange et alarmant vint dans cette ombre jusqu'à lui.

C'était de quoi reculer. Il avança.

Cette menace était une promesse. Il y avait là un

être vivant et éveillé, fût-ce une bête fauve. Il marcha du côté d'où venait le grincement.

Il tourna un angle de mur, et, derrière, à la réverbération de la neige et de la mer, sorte de vaste éclairage sépulcral, il vit une chose qui était là comme abritée. C'était une charrette, à moins que ce ne fût une cabane. Il y avait des roues, c'était une voiture ; et il y avait un toit, c'était une demeure. Du toit sortait un tuyau, et du tuyau une fumée. À l'arrière, des gonds en saillie indiquaient une porte, et au centre de cette porte une ouverture carrée laissait voir de la lueur dans la cahute. Il approcha.

Ce qui avait grincé le sentit venir. Quand il fut près de la cahute, la menace devint furieuse. Ce n'était plus à un grondement qu'il avait affaire, mais à un hurlement. Il entendit un bruit sec, comme d'une chaîne violemment tendue, et brusquement, au-dessous de la porte, dans l'écartement des roues de derrière, deux rangées de dents aiguës et blanches apparurent.

En même temps qu'une gueule entre les roues, une tête passa par la lucarne.

– Paix là ! dit la tête.

La gueule se tut. La tête reprit :

– Est-ce qu'il y a quelqu'un ?

L'enfant répondit :

– Oui. Moi.

– Toi, qui ça ? d'où viens-tu ?

– Je suis las, dit l'enfant.

– Quelle heure est-il ?

– J'ai froid.

– Que fais-tu là ?

– J'ai faim.

La tête répliqua :

– Tout le monde ne peut pas être heureux comme un lord. Va-t'en.

La tête rentra, et le vasistas se ferma.

L'enfant courba le front, resserra entre ses bras la petite endormie et rassembla sa force pour se remettre en route. Il fit quelques pas et commença à s'éloigner.

Cependant, en même temps que la lucarne s'était fermée, la porte s'était ouverte. Un marchepied s'était abaissé. La voix qui venait de parler à l'enfant cria du fond de la cahute avec colère :

– Eh bien, pourquoi n'entres-tu pas ? Qui est-ce qui m'a donné un garnement comme cela, qui a faim et qui a froid, et qui n'entre pas ?

L'enfant, à la fois repoussé et attiré, demeurait immobile.

La voix repartit :

– On te dit d'entrer, drôle !

Il se décida, et mit un pied sur le premier échelon de l'escalier.

Mais on gronda sous la voiture.

Il recula. La gueule ouverte reparut.

– Paix ! cria la voix de l'homme.

La gueule rentra. Le grondement cessa.

L'enfant gravit péniblement les trois marches, et, parvenu au seuil, s'arrêta.

Aucune chandelle ne brûlait dans la cahute, par

économie de misère probablement. La baraque n'était éclairée que d'une rougeur faite par le soupirail d'un poêle de fonte où pétillait un feu de tourbe. Sur le poêle fumaient une écuelle et un pot contenant selon toute apparence quelque chose à manger. Cette habitation était meublée d'un coffre, d'un escabeau, et d'une lanterne, point allumée, accrochée au plafond. Ce n'était pas même une petite chambre, c'était à peine une grande boîte. Tout dans la baraque était indistinct et trouble. Pourtant un reflet du feu sur le plafond permettait d'y lire cette inscription en gros caractères : URSUS, PHILOSOPHE.

L'enfant, en effet, faisait son entrée chez Homo et chez Ursus. On vient d'entendre gronder l'un et parler l'autre.

– Entre, dit l'homme, qui était Ursus. Pose là ton paquet.

L'enfant posa sur le coffre son fardeau, avec précaution, de crainte de l'effrayer et de le réveiller.

L'homme reprit :

– Ah ! l'abominable vaurien ! dans les rues à cette heure-ci ! Qui es-tu ? Réponds. Mais non, je te défends de répondre. Allons au plus pressé ; tu as froid, chauffe-toi.

Et, d'une main, avec une brusquerie fébrile, il lui arracha ses haillons qui se déchirèrent en charpie, tandis que, de l'autre main, il décrochait d'un clou une chemise d'homme et une jaquette de tricot.

L'enfant endossa la chemise, et l'homme lui passa, par-dessus, la jaquette de tricot.

L'homme avança du pied l'escabeau, y fit asseoir le petit garçon, et lui montra de l'index l'écuelle qui fumait sur le poêle. Ce que l'enfant entrevoyait dans cette écuelle, c'était le ciel, c'est-à-dire une pomme de terre et du lard.

– Tu as faim, mange.

Et il posa l'écuelle sur les genoux de l'enfant.

L'enfant se mit à manger. Le pauvre être dévorait plutôt qu'il ne mangeait. L'homme bougonnait.

– Pas si vite, horrible goinfre ! Est-il gourmand, ce gredin-là ! Je suis tout seul, je fais du feu, je n'ai qu'une pomme de terre, une croûte de pain, une bouchée de lard et une goutte de lait, je mets ça à chauffer, je me dis : bon ! je m'imagine que je vais me repaître. Patatras ! il faut que ce crocodile me tombe dans ce moment-là. Il s'installe carrément entre ma nourriture et moi. Voilà mon réfectoire dévasté. Mange, brochet, mange, requin, combien as-tu de rangs de dents dans la gargamelle ? bâfre, louveteau. J'ai travaillé aujourd'hui, l'estomac vide, le gosier plaintif, le pancréas en détresse, les entrailles délabrées, très avant dans la nuit ; ma récompense est de voir manger un autre. C'est égal, part à deux. Il aura le pain, la pomme de terre et le lard, mais j'aurai le lait.

En ce moment un cri lamentable et prolongé s'éleva dans la cahute. L'homme dressa l'oreille. Le cri ne s'interrompait pas.

L'homme alla au coffre.

– Voilà le paquet qui vocifère ! Qu'est-ce qu'il a à croasser, ton paquet ?

Il déroula le suroît. Une tête d'enfant en sortit, la bouche ouverte et criant.

– Eh bien, qui va là ? dit l'homme. Qu'est-ce que c'est ? Il y en a un autre. Ça ne va donc pas finir ? Qu'est-ce que tu m'apportes là, bandit ? Tu vois bien qu'elle a soif. Allons, il faut qu'elle boive, celle-ci. Bon ! je n'aurai pas même le lait à présent.

Il prit dans un fouillis sur une planche un rouleau de linge à bandage, une éponge et une fiole, en murmurant avec frénésie :

– Damné pays !

Puis il considéra la petite.

– C'est une fille. Ça se reconnaît au glapissement. Elle est trempée, elle aussi.

Il arracha, comme il avait fait pour le garçon, les haillons dont elle était plutôt nouée que vêtue, et il l'entortilla d'un lambeau indigent, mais propre et sec, de grosse toile.

Il coupa avec ses dents un morceau allongé de l'éponge, déchira du rouleau un carré de linge, en étira un brin de fil, prit sur le poêle le pot où il y avait du lait, remplit de ce lait la fiole, introduisit à demi l'éponge dans le goulot, couvrit l'éponge avec le linge, ficela ce bouchon avec le fil, appliqua contre sa joue la fiole, pour s'assurer qu'elle n'était pas trop chaude, et saisit sous son bras gauche le maillot éperdu qui continuait de crier.

– Allons, soupe, créature ! prends-moi le téton.

Et il lui mit dans la bouche le goulot de la fiole.

La petite but avidement.

Pendant que la petite buvait et que le petit mangeait, Ursus maugréait.

– Zéro de recette aujourd'hui ! Rien vendu de la journée ! Tu perds ta peine, mon vieux. Remballe ta pharmacie. Tout le monde se porte bien ici. En voilà une ville maudite où personne n'est malade ! Le ciel seul a la diarrhée. Quelle neige ! Quelle bourrasque ! La détresse universelle a des éclaboussures jusque dans ma pauvreté. Il me tombe dans ma cabane des gouttes hideuses de la grande boue humaine. Si c'est là un sort ! Comment allons-nous faire pour tenir trois dans cette baraque ?

Cependant le nourrisson, qu'il tenait toujours entre ses bras, refermait vaguement les yeux, signe de plénitude. Ursus examina la fiole, et grogna :

– Elle a tout bu, l'effrontée !

Il se dressa et, soutenant la petite du bras gauche, de la main droite il souleva le couvercle du coffre, et tira de l'intérieur une peau d'ours, ce qu'il appelait sa « vraie peau ».

Il étala, toujours d'un seul bras, et de son mieux, la peau d'ours sur le coffre, avec des efforts de coude et des ménagements de mouvements pour ne point secouer le commencement de sommeil de la petite fille. Puis il la déposa sur la fourrure, du côté le plus proche du feu.

Cependant le garçon avait fini de souper. L'écuelle était mieux que vidée, elle était nettoyée.

Ursus se tourna vers lui.

– Ce n'est pas tout ça. Maintenant, à nous deux.

La bouche n'est pas faite que pour manger, elle est faite pour parler. D'où viens-tu ?

– Je ne sais pas. J'ai été abandonné ce soir au bord de la mer.

– Ah ! le chenapan ! Il est si mauvais sujet qu'il en vient à être abandonné par ses parents.

– Je n'ai pas de parents.

– Tu as des parents, puisque tu as ta sœur.

– Ce n'est pas ma sœur.

– Qu'est-ce que c'est alors ?

– C'est une petite que j'ai trouvée.

– Comment ! tu as ramassé ça ?

– Oui. Sur une femme qui était morte dans la neige.

– Morte ! en voilà une qui est heureuse ! Il faut l'y laisser, dans sa neige. Elle y est bien. De quel côté ?

– Du côté de la mer.

Ursus ouvrit la lucarne de l'arrière et examina le dehors. La neige tombait épaisse et lugubre.

Il remit de la tourbe dans le poêle, il déploya le plus largement qu'il put la peau d'ours sur le coffre, prit un gros livre qu'il avait dans un coin et le mit sous le chevet pour servir d'oreiller, et plaça sur ce traversin la tête de la petite endormie.

Il se tourna vers le garçon.

– Couche-toi là.

L'enfant obéit et s'étendit de tout son long avec la petite. Ursus roula la peau d'ours autour des deux enfants, et la borda sous leurs pieds.

Il atteignit sur une planche, et se noua autour du

corps une ceinture de toile à grosse poche contenant probablement une trousse de chirurgien et des flacons d'élixirs.

Puis il décrocha du plafond la lanterne, et l'alluma.

Ursus entrebâilla la porte et dit :

– Je sors. N'ayez pas peur. Je vais revenir. Dormez.

Et, abaissant le marchepied, il cria :

– Homo !

Un grondement tendre lui répondit. Ursus, la lanterne à la main, descendit, le marchepied remonta, la porte se referma. Les enfants demeurèrent seuls.

On entendit un cliquetis de chaîne défaite, et le bruit d'un pas d'homme, compliqué d'un pas de bête, qui s'éloignait.

Quelques instants après, les deux enfants dormaient profondément.

Le réveil

Une blancheur triste entra dans la cahute. C'était l'aube glaciale. La cahute était chaude. Il n'y avait plus d'ouragan dehors. Les constellations s'éteignaient comme des chandelles soufflées l'une après l'autre. Il n'y avait plus que la résistance de quelques grosses étoiles. Le profond chant de l'infini sortait de la mer.

Le poêle n'était pas tout à fait éteint. Le petit jour devenait peu à peu le grand jour. Le garçon dormait moins que la fille. Il y avait en lui du veilleur et du gardien. À un rayon plus vif que les autres qui traversa la vitre, il ouvrit les yeux.

Un bruit de serrure fouillée par une clef lui fit dresser le cou. La porte tourna, le marchepied bascula. Ursus revenait.

En même temps un piétinement de quatre pattes escalada lestement le marchepied. C'était Homo, suivant Ursus, et, lui aussi, rentrant chez lui.

Le garçon, en voyant le loup dans la cahute, sortit de la peau d'ours, se leva et se plaça debout devant la petite, plus endormie que jamais.

Ursus venait de raccrocher la lanterne au clou du plafond. Il ne regardait rien et semblait ne rien voir. Quelque chose de profond remuait dans son esprit. Sa pensée enfin se fit jour, comme d'ordinaire, par une vive sortie de paroles. Il s'écria :

– Décidément heureuse ! Morte, bien morte. J'ai eu de la peine à la trouver. Diogène prenait sa lanterne et cherchait un homme, j'ai pris ma lanterne et j'ai cherché une femme ; il a trouvé le sarcasme, j'ai trouvé le deuil. Comment peut-on être assez bête pour mourir en laissant un enfant derrière soi ! Quelle tuile ! Voilà que j'ai de la famille à présent ! Fille et garçon.

Tandis qu'Ursus parlait, Homo s'était glissé près du poêle. La main de la petite endormie pendait entre le poêle et le coffre. Le loup se mit à lécher cette main.

Il la léchait si doucement que la petite ne s'éveilla pas. Ursus se retourna.

– Bien, Homo. Je serai le père et tu seras l'oncle.

Son regard rencontra le visage du garçon réveillé qui l'écoutait. Ursus l'interpella brusquement :

– Qu'as-tu à rire ?

Le garçon répondit :

– Je ne ris pas.

Ursus eut une sorte de secousse, l'examina fixement et en silence pendant quelques instants et dit :

– Alors tu es terrible.

L'intérieur de la cahute dans la nuit était si peu éclairé qu'Ursus n'avait pas encore vu la face du garçon. Le grand jour la lui montrait. Il posa les deux paumes de ses mains sur les deux épaules de l'enfant, considéra encore avec une attention de plus en plus poignante son visage, et lui cria :

– Qui est-ce qui t'a fait cela ? Depuis quand as-tu ce rire ?

– J'ai toujours été ainsi, dit l'enfant.

Ursus se tourna vers le coffre en disant à demi-voix :

– Je croyais que ce travail-là ne se faisait plus.

La petite fille se réveilla. Son bonjour fut un cri.

Ursus prit sur le poêle la fiole, et la lui donna à sucer.

En ce moment le soleil se levait. Il était à fleur de l'horizon. Son rayon rouge entrait par la vitre et frappait de face le visage de la petite fille tourné vers lui. Les prunelles de l'enfant fixées sur le soleil réfléchissaient comme deux miroirs cette rondeur pourpre. Les prunelles restaient immobiles, les paupières aussi.

– Tiens, dit Ursus, elle est aveugle.

DEUXIÈME PARTIE

PAR ORDRE DU ROI

LIVRE PREMIER

ÉTERNELLE PRÉSENCE DU PASSÉ ; LES HOMMES REFLÈTENT L'HOMME

Lord Clancharlie

Le baron Linnæus Clancharlie, contemporain de Cromwell, était un des pairs d'Angleterre qui avaient accepté la république. Il était tout simple que lord Clancharlie demeurât du parti de la république, tant que la république avait eu le dessus. Mais, après la clôture de la révolution et la chute du gouvernement parlementaire, lord Clancharlie avait persisté. Il était aisé au noble patricien de rentrer dans la Chambre haute reconstituée, les repentirs étant toujours bien reçus des restaurations, et Charles II étant bon prince à ceux qui revenaient à lui ; mais lord Clancharlie n'avait pas compris ce qu'on doit aux événements. Pendant que la nation couvrait d'acclamations le roi, reprenant possession de l'Angleterre, ce lord était resté réfractaire. Il avait détourné la tête de toute cette allégresse ; il s'était volontairement exilé ; pouvant être pair, il avait mieux aimé être proscrit; et les années s'étaient écoulées ainsi; il avait vieilli dans cette fidélité à la république morte. Aussi était-il couvert du ridicule qui s'attache naturellement à cette sorte d'enfantillage.

Il s'était retiré en Suisse. Il habitait une espèce de haute masure au bord du lac de Genève. Si, par hasard, dans on ne sait quel demi-jour lugubre ressemblant à la tombée de la nuit, on apercevait ce vieillard vêtu des mêmes habits que le peuple, pâle, distrait, courbé, debout au bord du lac, marchant comme au hasard, l'œil fixe, ses cheveux blancs secoués par le vent de l'ombre, silencieux, solitaire, pensif, il était difficile de ne pas sourire.

Sous la république, beaucoup de faits irréguliers s'étaient produits. La parole était libre, la presse était libre; on disait en pleine rue ce qu'on voulait; on imprimait sans contrôle ni censure ce qu'on voulait; l'équilibre des trônes avait été rompu; tout l'ordre monarchique européen, dont les Stuart faisaient partie, avait été bouleversé… Enfin, on était sorti de cet odieux régime, et l'Angleterre avait son pardon.

Charles II, indulgent, avait octroyé à l'Angleterre l'oubli de cette époque. L'Angleterre faisait son *mea culpa*, et respirait. L'esprit d'indiscipline s'était dissipé, la loyauté se reconstituait. Être de bons sujets était désormais l'ambition unique. On était revenu des folies de la politique; on bafouait la révolution, on raillait la république et ces temps singuliers où l'on avait toujours de grands mots à la bouche, *Droit, Liberté, Progrès*; on riait de ces emphases. Le retour au bon sens était admirable; l'Angleterre avait rêvé. Quel bonheur d'être hors de ces égarements! Y a-t-il rien de plus insensé? Où en serait-on si le premier venu avait des droits? Se figure-t-on tout le monde gouvernant? S'imagine-t-on la cité menée par les citoyens? Le peuple donne son sang et son argent, moyennant quoi on le mène. Vouloir se conduire lui-même, quelle idée bizarre! un guide lui est nécessaire. Étant ignorant, le peuple est aveugle. Est-ce que l'aveugle n'a pas un chien? Seulement, pour le peuple, c'est un lion, le roi, qui consent à être le chien. Que de bonté! Mais pourquoi le peuple est-il ignorant? Parce qu'il faut qu'il le soit. L'ignorance est gardienne de la vertu. L'ignorant est dans une nuit utile, qui, supprimant le regard, supprime les convoitises. De là l'innocence. Qui lit pense, qui pense raisonne. Ne pas raisonner, c'est le devoir; c'est aussi le bonheur. Ces vérités sont incontestables. La société est assise dessus.

Ainsi s'étaient rétablies les saines doctrines sociales en Angleterre. En même temps on revenait à la belle littérature. On dédaignait Shakespeare et l'on admirait Dryden. C'est un grand bonheur pour les nations d'être ramenées par la monarchie au bon ordre dans l'État et au bon goût dans les Lettres.

Que de tels bienfaits pussent être méconnus, cela est difficile à croire. Tourner le dos à Charles II, récompenser par de l'ingratitude la magnanimité qu'il avait eue de remonter sur le trône, n'était-ce pas abominable ? Lord Linnæus Clancharlie avait fait aux honnêtes gens ce chagrin. Bouder le bonheur de sa patrie, quelle aberration !

Les sévères, les justes, allaient plus loin. Qu'était-ce après tout que lord Clancharlie ? un transfuge. Il avait quitté son camp, l'aristocratie, pour aller au camp opposé, le peuple. Ce fidèle était un traître. Il est vrai qu'il était « traître » au plus fort et fidèle au plus faible ; il est vrai qu'à cette « trahison » il perdait tout, son privilège politique et son foyer domestique, sa pairie et sa patrie ; il ne gagnait que le ridicule ; il n'avait de bénéfice que l'exil. Mais qu'est-ce que cela prouve ? Qu'il était un niais. Accordé.

Traître et dupe en même temps, cela se voit.

Charles II, bon homme, s'aperçut à peine qu'il existait un réfractaire appelé Clancharlie, mais Jacques II fut plus attentif. Charles II gouvernait mollement, c'était sa manière ; disons qu'il n'en gouvernait pas plus mal. Jacques II eut l'ambition louable d'être un roi efficace. Le règne de Charles II n'était à ses yeux qu'une ébauche de restauration ; Jacques II voulut un retour à l'ordre plus complet encore. Il fut un plus réel reconstructeur de l'autorité.

On comprend qu'un tel roi dût, dans une certaine mesure, se préoccuper d'un rebelle comme lord Linnæus Clancharlie. Les pairies héréditairement transmissibles contenant une certaine quantité d'avenir, il était évident que, s'il y avait quelque précaution à prendre du côté de ce lord, Jacques II n'hésiterait pas.

Lord David Dirry-Moir

Lord Linnæus Clancharlie n'avait pas toujours été vieux et proscrit. Il avait eu sa phase de jeunesse et de passion.

On lui connaissait un enfant naturel, un fils. Ce fils, venu au monde à l'instant où la république finissait, était né en Angleterre pendant que son père partait pour l'exil. C'est pourquoi il n'avait jamais vu ce père qu'il avait. Ce bâtard de lord Clancharlie avait grandi page à la cour de Charles II. On l'appelait lord David Dirry-Moir; il était lord de courtoisie, sa mère étant femme de qualité. Cette mère, pendant que lord Clancharlie devenait hibou en Suisse, prit le parti, étant belle, de bouder moins, et se fit pardonner ce premier amant sauvage par un deuxième, celui-là incontestablement apprivoisé, et même royaliste, car c'était le roi. Elle fut un peu la maîtresse de Charles II, assez pour que Sa Majesté, charmée d'avoir repris cette jolie femme à la république, donnât au petit lord David, fils de sa conquête, une commission de garde de la branche. Ce qui fit ce bâtard officier, et par contrecoup stuartiste ardent. Ce fut ainsi que, tandis que son père blanchissait en exil, lord David prospéra sous Charles II.

Après quoi il prospéra sous Jacques II.

Jacques II aimait à s'entourer de jeunes officiers. Il se montrait volontiers en public à cheval avec un casque et une cuirasse, et une vaste perruque débordante sortant de dessous le casque par-dessus la cuirasse;

espèce de statue équestre de la guerre imbécile. Il prit en amitié la bonne grâce du jeune lord David. Il sut gré à ce royaliste d'être fils d'un républicain ; un père renié ne nuit point à une fortune de cour qui commence. Le roi fit lord David gentilhomme de la chambre du lit, à mille livres de gages.

C'était un bel avancement. Un gentilhomme du lit couche toutes les nuits près du roi sur un lit qu'on dresse. On est douze gentilshommes, et l'on se relaie.

Lord David fut le chef de l'avenier du roi, celui qui donne l'avoine aux chevaux et qui a deux cent soixante livres de gages. De plus, il fut lieutenant-colonel du régiment écossais de la garde royale, lequel bat la marche d'Écosse.

En cette qualité il fit plusieurs campagnes, et très glorieusement, car il était vaillant homme de guerre.

Sa Majesté ne demandait pas mieux que d'avoir une occasion de faire David Dirry-Moir, de lord de courtoisie, lord de droit.

Cette occasion se présenta. Un jour on apprit qu'il était arrivé au vieil absent, lord Linnæus Clancharlie, diverses choses dont la principale était qu'il était trépassé. La mort a cela de bon pour les gens, qu'elle fait un peu parler d'eux. On raconta ce qu'on savait, ou ce qu'on croyait savoir, des dernières années de lord Linnæus. À en croire ces récits, vers la fin de sa vie, lord Clancharlie aurait eu une recrudescence républicaine telle, qu'il en était venu, affirmait-on, jusqu'à épouser la fille d'un régicide, Ann Bradshaw – on précisait le nom –, laquelle était morte aussi, mais, disait-on, en mettant au monde un enfant, un garçon, qui, si tous ces détails étaient exacts, se trouverait être le fils légitime et l'héritier légal de lord Clancharlie. Lord Clancharlie aurait eu cinquante-neuf ans au moment de son mariage, et soixante à la naissance de son fils, et serait mort fort peu de temps après, laissant derrière lui cet enfant, orphelin de père et de mère. On ajoutait que cet enfant était «beau comme le jour», ce qui se lit dans tous les contes de fées. Le roi Jacques mit fin à ces rumeurs en déclarant un beau matin lord David Dirry-Moir unique et définitif héritier, *à défaut d'enfant légitime*, et par le bon plaisir royal, de lord Linnæus Clancharlie, son père naturel, *l'absence de toute autre filiation et descendance étant constatée*; de quoi les patentes furent enregistrées en Chambre des lords. Par ces patentes, le roi substituait lord David Dirry-Moir aux titres, droits et prérogatives dudit défunt lord Linnæus Clancharlie, à la seule condition que lord David épouserait, quand elle serait nubile, une fille, en ce moment-là tout enfant et âgée de quelques mois seulement, que le roi avait au berceau faite duchesse, on ne savait trop pourquoi. Lisez, si vous voulez, on savait trop pourquoi. On appelait cette petite la duchesse Josiane.

C'est à cette petite duchesse que le roi donnait la pairie de Clancharlie. Elle était pairesse en attendant qu'il y eût un pair. Le pair serait son mari.

Et le roi déclarait qu'une fois Josiane épousée, lord David Dirry-Moir serait baron Clancharlie.

Après avoir prospéré sous Charles et Jacques, lord David prospéra sous Guillaume. Tout en continuant d'aimer son roi légitime, il eut le bon sens de servir l'usurpateur. Il était, du reste, quoique avec quelque indiscipline, excellent officier ; il passa de l'armée de terre dans l'armée de mer, et se distingua dans l'escadre blanche. Il y devint ce qu'on appelait alors « capitaine de frégate légère ». Cela finit par faire un très galant homme, poussant fort loin l'élégance des vices, un peu poète comme tout le monde, bon serviteur de l'État, bon domestique du prince, assidu aux fêtes, aux galas, aux petits levers, aux cérémonies, aux batailles, servile comme il faut, très hautain, ayant la vue basse ou perçante selon l'objet à regarder, probe volontiers, obséquieux et arrogant à propos, d'un premier mouvement franc et sincère, quitte à se remasquer ensuite.

Du côté de sa mère, il avait à peu près de quoi vivre, environ dix mille livres sterling de revenu, c'est-à-dire deux cent cinquante mille francs de rente. Il s'en tirait en faisant des dettes. En magnificence, extravagance et nouveauté, il était incomparable. Dès qu'on le copiait, il changeait sa mode. À cheval, il portait des bottes aisées de vache retournée, avec éperons. Il avait des chapeaux que personne n'avait, des dentelles inouïes, et des rabats à lui tout seul.

La duchesse Josiane

Vers 1705, bien que lady Josiane eût vingt-trois ans et lord David quarante-quatre, le mariage n'avait pas encore eu lieu, et cela par les meilleures raisons du monde. Se haïssaient-ils ? loin de là. Mais ce qui ne peut vous échapper n'inspire aucune hâte. Josiane voulait rester libre ; David voulait rester jeune.

Ils ne s'aimaient pas, ils se plaisaient. Se côtoyer leur suffisait. Pourquoi se dépêcher d'en finir ?

Lady Josiane disait :

– C'est ennuyeux que je sois forcée d'épouser lord David, moi qui ne demanderais pas mieux que d'être amoureuse de lui !

Josiane, c'était la chair. Rien de plus magnifique. Elle était très grande, trop grande. Ses cheveux étaient de cette nuance qu'on pourrait nommer le blond pourpre. Elle était grasse, fraîche, robuste, vermeille, avec énormément d'audace et d'esprit. Elle avait les yeux trop intelligibles. D'amant, point ; de chasteté, pas davantage. Elle se murait dans l'orgueil. Les hommes, fi donc ! un dieu tout au plus était digne d'elle ; ou un monstre.

Si la vertu consiste dans l'escarpement, Josiane était toute la vertu possible, sans aucune innocence. Elle n'avait pas d'aventures, par dédain ; mais on ne l'eût point fâchée de lui en supposer, pourvu qu'elles fussent étranges et proportionnées à une personne faite comme elle. Elle tenait peu à sa réputation et beaucoup à sa gloire. Sembler facile et être impossible, voilà le chef-d'œuvre.

Dans ces mœurs-là, le goût du difforme existait, particulièrement chez les femmes, et singulièrement chez les belles.

Tous les instincts de Josiane inclinaient plutôt à se donner galamment qu'à se donner légalement.

Qu'il fallût en venir au mariage avec lord David, puisque le bon plaisir royal l'exigeait, c'était une nécessité sans doute, mais quel dommage ! Josiane agréait et éconduisait lord David. Il y avait entre eux accord tacite pour ne point conclure et pour ne point rompre. Ils s'éludaient.

Lord David mûrissait. Quarante ans, c'est une heure qui sonne.

Il ne s'en apercevait pas. Et de fait, il avait toujours l'air de ses trente ans. Il trouvait plus amusant de désirer Josiane que de la posséder. Il en possédait d'autres ; il avait des femmes.

Josiane, de son côté, avait des songes.

Les songes étaient pires.

La duchesse Josiane avait cette particularité, moins rare du reste qu'on ne croit, qu'un de ses yeux était bleu et l'autre noir. Ses prunelles étaient faites d'amour et de haine, de bonheur et de malheur. Le jour et la nuit étaient mêlés dans son regard.

Magister Elegantiarum[1]

Josiane s'ennuyait, cela va sans dire.

Lord David Dirry-Moir avait une situation magistrale dans la vie joyeuse de Londres.

Pas un club dont il ne fût le leader ; pas une boxe

1. Le maître des élégances.

où on ne le souhaitât pour *referee*. Le *referee*, c'est l'arbitre.

Lord David était du Beefsteak Club, du Surly Club, et du Splitfarthing Club, du Club des Bourrus et du Club des Gratte-Sous, du Nœud Scellé, *Sealed Knot*, club des royalistes.

Depuis la restauration de Charles II, les clubs révolutionnaires étaient abolis.

Aux clubs républicains avaient succédé les clubs monarchiques.

On s'y amusait décemment.

Le plus distingué des clubs était présidé par un empereur qui portait un croissant sur le front et qui s'appelait le « grand Mohock ». Faire le mal pour le mal, tel était le programme. Le Mohock Club avait ce but grandiose, nuire. Pour remplir cette fonction, tous les moyens étaient bons. En devenant mohock, on prêtait serment d'être nuisible. Nuire à tout prix, n'importe quand, à n'importe qui, et n'importe comment, était le devoir.

Tout membre du Mohock Club devait avoir un talent. L'un était « maître de danse », c'est-à-dire faisait gambader les manants en leur lardant les mollets de son épée. D'autres savaient « faire suer », c'est-à-dire improviser autour d'un bélître quelconque une ronde de six ou huit gentilshommes la rapière à la main ; quand l'homme, enfermé dans ce cercle d'épées, et tout ensanglanté, avait assez tourné et dansé, on le faisait bâtonner par des laquais pour changer le cours de ses idées. D'autres « tapaient le lion », c'est-à-dire arrêtaient en riant un passant, lui écrasaient le nez d'un coup de poing, et lui enfonçaient leurs deux pouces dans les deux yeux. Si les yeux étaient crevés, on les lui payait.

C'étaient là, au commencement du XVIIIe siècle, les passe-temps des opulents oisifs de Londres. De tout temps la jeunesse s'est amusée.

Lord David Dirry-Moir apportait dans ces diverses institutions de plaisir son esprit magnifique et libéral. Tout comme un autre, il brûlait gaiement une cabane de chaume et de bois, et roussissait un peu ceux qui étaient dedans, mais il leur rebâtissait leur maison en pierre.

Lord David assistait aux boxes, et il en était la règle vivante. Dans les grandes performances, c'était lui qui faisait planter les pieux et tendre les cordes, et qui fixait le nombre de toises qu'aurait le carré de combat. S'il était arbitre, il présidait à la loyauté des coups, déclarait vaincu le champion qui ne se plaçait pas bien en face de l'adversaire, veillait à ce que le temps des rounds ne dépassât pas une demi-minute, donnait tort à qui cognait avec la tête, empêchait de frapper l'homme tombé à terre. Toute cette science ne le faisait point pédant et n'ôtait rien à son aisance dans le monde.

Il se préparait de la sorte à la vie politique, à laquelle il devait plus tard être appelé.

Lord David Dirry-Moir aimait passionnément les exhibitions de carrefours, les tréteaux à parade, les circus à bêtes curieuses, les baraques de saltimbanques, les clowns, les farces en plein vent et les prodiges de la foire. Le vrai seigneur est celui qui goûte de l'homme du peuple; c'est pourquoi lord David hantait les tavernes et les cours des miracles de Londres. Les petites gens, que lord David rencontrait dans ces cohues et auxquelles il se mêlait, le tenaient en haute estime, et ne savaient pas qu'il fût lord. On l'appelait Tom-Jim-Jack. Sous ce nom il était populaire, et fort illustre dans cette crapule. Il s'encanaillait en maître. Dans l'occasion, il faisait le coup de poing. Ce côté de sa vie élégante était connu et fort apprécié de lady Josiane.

La reine Anne

Au-dessus de ce couple, il y avait Anne, reine d'Angleterre.

Elle était gaie, bienveillante, auguste, à peu près. Aucune de ses qualités n'atteignait à la vertu, aucune de ses imperfections n'atteignait au mal. Son embonpoint était bouffi, sa malice était épaisse, sa bonté était bête. Elle était tenace et molle. Épouse, elle était infidèle et fidèle, ayant des favoris auxquels elle livrait son cœur, et un consort auquel elle gardait son lit. Chrétienne, elle était hérétique et bigote. Sa peau était blanche et fine, elle la montrait beaucoup. Elle avait le front étroit, les lèvres sensuelles, les joues charnues, l'œil gros, la vue basse. Sa myopie s'étendait à son esprit. À part çà et là un éclat de jovialité, presque aussi pesante que sa colère, elle vivait dans une sorte de gronderie taciturne et de silence grognon. Anne était un échantillon à peine dégrossi de l'Ève universelle. À cette ébauche était échu ce hasard, le trône. Elle buvait. Son mari était un Danois, de race.

Elle avait des rages. Elle était casseuse. Pas de personne plus maladroite pour manier les choses de l'État. Elle laissait tomber à terre les événements. Toute sa politique était fêlée. Elle excellait à faire de grosses catastrophes avec de petites causes.

La Queen Ann était populaire. Que faisait-elle pour cela ? rien. Rien, c'est là tout ce qu'on demande au roi d'Angleterre. Il reçoit pour ce rien-là une trentaine de millions par an.

La reine Anne en voulait un peu à la duchesse Josiane pour deux raisons.

Premièrement, parce qu'elle trouvait la duchesse Josiane jolie.

Deuxièmement, parce qu'elle trouvait joli le fiancé de la duchesse Josiane.

Deux raisons pour être jalouse suffisent à une femme ; une seule suffit à une reine.

Ajoutons ceci. Elle lui en voulait d'être sa sœur.

Pour une reine laide, une jolie duchesse n'est pas une sœur agréable.

Il y avait un autre grief, la naissance *improper* de Josiane.

Anne était fille d'Anne Hyde, simple lady, légitimement, mais fâcheusement épousée par Jacques II, lorsqu'il était duc d'York. Anne, ayant de ce sang inférieur dans les veines, ne se sentait qu'à demi royale, et Josiane, venue au monde tout à fait irrégulièrement, soulignait l'incorrection, moindre, mais réelle, de la naissance de la reine. La fille de la mésalliance voyait sans plaisir, pas très loin d'elle, la fille de la bâtardise. Il y avait là une ressemblance désobligeante. Josiane avait le droit de dire à Anne : Ma mère vaut bien la vôtre. À la cour on ne le disait pas, mais évidemment on le pensait. C'était ennuyeux pour la majesté royale. Pourquoi cette Josiane ? Quelle idée avait-elle eue de naître ? À quoi bon une Josiane ? De certaines parentés sont diminuantes.

Pourtant Anne faisait bon visage à Josiane.

Barkilphedro

Il est utile de connaître les actions des personnes, et quelque surveillance est sage.

Josiane faisait un peu espionner lord David par un homme à elle, en qui elle avait confiance, et qui se nommait Barkilphedro.

Lord David faisait discrètement observer Josiane par un homme à lui, dont il était sûr, et qui se nommait Barkilphedro.

La reine Anne, de son côté, se faisait secrètement tenir au courant des faits et gestes de la duchesse Josiane, sa sœur bâtarde, et de lord David, son futur beau-frère de la main gauche, par un homme à elle, sur qui elle comptait pleinement, et qui se nommait Barkilphedro.

Ce Barkilphedro n'avait pas toujours eu cette situation magnifique de parler bas à trois oreilles.

C'était un ancien domestique du duc d'York. Il avait tâché d'être homme d'Église, mais avait échoué.

De certains chemins ne sont faisables qu'à plat ventre. Une domesticité obscure, mais nourrissante, fut longtemps toute l'existence de Barkilphedro. La domesticité, c'est quelque chose, mais il voulait de plus la puissance.

Il perça jusqu'à la duchesse Josiane.

Josiane prit en gré cet homme qui avait de la misère et de l'esprit, deux choses qui émeuvent. Elle le présenta à lord Dirry-Moir, lui donna gîte dans ses communs, le tint pour de sa maison, fut bonne pour lui, et quelquefois même lui parla. Josiane le tutoyait. Pour Barkilphedro, être tutoyé, c'était un succès. Il en fut ravi.

Il profita de ce tutoiement pour gagner du terrain.

Un jour Barkilphedro dit à Josiane :

– Votre Grâce voudrait-elle faire mon bonheur ?

– Qu'est-ce que tu veux ? demanda Josiane.

– Un emploi.

– Quelle idée as-tu de demander un emploi ? tu n'es bon à rien.

– C'est pour cela.

Josiane se mit à rire.

– Dans les fonctions auxquelles tu n'es pas propre, laquelle désires-tu ?

– Celle de déboucheur de bouteilles de l'océan.

Le rire de Josiane redoubla.

Barkilphedro prit l'attitude de la gravité déférente.

– Madame, il y a dans la mer trois sortes de choses: celles qui sont au fond de l'eau, *Lagon*; celles qui flottent sur l'eau, *Flotson*; et celles que l'eau rejette sur la terre, *Jetson*. Ces trois choses-là, *Lagon*, *Flotson*, *Jetson*, appartiennent au lord haut-amiral.

– Après?

– Tout ce qui est dans la mer, ce qui s'engloutit, ce qui surnage et ce qui s'échoue, tout appartient à l'amiral d'Angleterre. Les prises de mer; c'est le nom qu'on donne à ces trouvailles-là. C'est inépuisable. Il y a toujours quelque chose qui flotte, quelque chose qui aborde. Votre Grâce comprend que de cette façon l'océan crée un bureau.

– Où ça?

– À l'Amirauté. Le bureau des prises de mer. Le bureau se subdivise en trois offices, Lagon, Flotson, Jetson; et pour chaque office il y a un officier.

– Et puis?

– Un navire en pleine mer veut donner un avis quelconque à la terre, qu'il navigue en telle latitude, qu'il rencontre un monstre marin, qu'il est en détresse, qu'il va sombrer, qu'il est perdu, etc., le patron prend une bouteille, met dedans un morceau de papier où il a écrit la chose, cachette le goulot, et jette la bouteille à la mer. Si la bouteille va au fond, cela regarde l'officier Lagon; si elle flotte, cela regarde l'officier Flotson; si elle est portée à terre par les vagues, cela regarde l'officier Jetson.

– Et tu voudrais être l'officier Jetson.

– Précisément.

– Et c'est ce que tu appelles être déboucheur de bouteilles de l'océan ?

– Puisque la place existe.

– Arrive-t-il souvent de ces bouteilles à l'Amirauté ?

– Rarement. Mais c'est égal. La place existe. Il y a pour la fonction chambre et logis à l'Amirauté.

– Et cette manière de ne rien faire, combien la paie-t-on ?

– Cent guinées par an.

– Cent guinées, c'est une fumée.

– Ce qui vous fait vivre une minute nous fait vivre un an, nous autres. C'est l'avantage qu'ont les pauvres.

– Tu auras la place.

Huit jours après, grâce à la bonne volonté de Josiane, grâce au crédit de lord David Dirry-Moir, Barkilphedro, posant maintenant le pied sur un terrain solide, logé, défrayé, renté de cent guinées, était installé à l'Amirauté.

Barkilphedro perce

Il y a d'abord une chose pressée ; c'est d'être ingrat.

Barkilphedro n'y manqua point.

Ayant reçu tant de bienfaits de Josiane, naturellement il n'eut qu'une pensée, s'en venger.

Ajoutons que Josiane était belle, grande, jeune, riche, puissante, illustre, et que Barkilphedro était laid, petit, vieux, pauvre, protégé, obscur. Il fallait bien aussi qu'il se vengeât de cela.

La place de « déboucheur de bouteilles de l'océan » n'était pas aussi risible qu'avait semblé le dire Barkilphedro. Les naufrages sont une des graves préoccupations de l'Angleterre. La navigation étant sa vie, le naufrage est son souci. La petite fiole de verre que jette aux vagues un navire en perdition contient un renseignement suprême, précieux à tous les points de vue. Renseignement sur le bâtiment, renseignement sur l'équipage, renseignement sur le lieu, l'époque et le mode du naufrage, renseignement sur les vents qui ont brisé le vaisseau, renseignement sur les courants qui ont porté la fiole flottante à la côte. La fonction que Barkilphedro occupait avait une véritable utilité. Tous les vases fermés et cachetés, bouteilles, fioles, jarres, etc., jetés au littoral anglais par le flux, lui étaient remis ; il avait seul droit de les ouvrir ; il était le premier dans le secret de leur contenu ; il les classait et les étiquetait dans son greffe.

Ces fragiles épaves étaient loin d'être, comme Barkilphedro l'avait dit à Josiane, rares et insignifiantes.

L'officier spécial chargé de la fonction souhaitée et obtenue par Barkilphedro était habituellement un homme de confiance. Il avait ses entrées au palais. Car l'usage était qu'il informât la personne royale, quand l'occasion en valait la peine, de ses trouvailles souvent très curieuses, testaments de désespérés, adieux jetés à la patrie, révélations de crimes de mer, etc. C'était le cabinet noir de l'océan.

La percée était faite. Le termite avait réussi. Barkilphedro approchait la reine.

C'était tout ce qu'il voulait.

Pour faire sa fortune ?

Non.

Pour défaire celle des autres.

Bonheur plus grand.

Nuire, c'est jouir.

Avoir en soi un désir de nuire, vague mais implacable, et ne le jamais perdre de vue, ceci n'est pas donné à tout le monde. Barkilphedro avait cette fixité.

Qu'était-ce que Barkilphedro ? Ce qu'il y a de plus petit et ce qu'il y a de plus terrible. Un envieux.

L'envie est une bonne étoffe à faire un espion.

Autres qualités, Barkilphedro était discret, secret, concret. Il gardait tout, et se creusait de sa haine.

Barkilphedro avait le corps obèse et le visage maigre. Torse gras et face osseuse. Il avait les ongles cannelés et courts, les doigts noueux, les pouces plats, les cheveux gros, beaucoup de distance d'une tempe à l'autre, et un front de meurtrier, large et bas. L'œil bridé cachait la petitesse de son regard sous une broussaille de sourcils. Le nez long, pointu, bossu et mou, s'appliquait presque sur la bouche. Sa face d'un jaune rance était comme modelée dans une pâte visqueuse ; ses joues immobiles semblaient de mastic ; il avait toutes sortes de vilaines rides réfractaires, l'angle de la mâchoire massif, le menton lourd, l'oreille canaille. Au repos, de profil, sa lèvre supérieure relevée en angle aigu laissait voir deux dents. Ces dents avaient l'air de vous regarder. Les dents regardent, de même que l'œil mord.

En peu de temps Barkilphedro prit pied à la cour.

Haïr est aussi fort qu'aimer

Outre la reine, il travaillait, influençait et pratiquait sourdement lady Josiane et lord David. Nous l'avons dit, il parlait bas à trois oreilles.

Les palais royaux sont très pénétrables. Un prétexte pour entrer suffit.

Barkilphedro ayant ce prétexte, sa charge, fut en très peu de temps chez la reine ce qu'il était chez la duchesse Josiane, l'animal domestique indispensable.

Josiane, en particulier, qui utilisait le talent d'espion de Barkilphedro, avait en lui une telle confiance, qu'elle n'avait pas hésité à lui remettre une des clefs secrètes de son appartement, au moyen de laquelle il pouvait entrer chez elle à toute heure.

La clef intime qu'avait Barkilphedro était faite, ayant deux jeux, un à chaque extrémité, de façon à pouvoir ouvrir les petits appartements dans les deux résidences favorites de Josiane, Hunkerville-house à Londres, Corleone-lodge à Windsor.

Dans ce dernier palais, contigu au château de Windsor, Josiane était à portée de la reine. Josiane s'y plaisait néanmoins.

De jour en jour, et de plus en plus, la reine Anne prenait en gré Barkilphedro.

Si Josiane avait pu voir clair dans la nuit de Barkilphedro, si elle avait pu distinguer ce qui était embusqué derrière ce sourire, cette fière personne, si haut située, eût probablement tremblé. Heureusement pour la tranquillité de ses sommeils, elle ignorait absolument ce qu'il y avait dans cet homme.

Il n'y a point de haine petite. La haine est toujours énorme. Une haine est toute la haine. Un éléphant que hait une fourmi est en danger.

Même avant d'avoir frappé, Barkilphedro sentait avec joie un commencement de saveur de l'action mauvaise qu'il voulait commettre. Il ne savait encore ce qu'il ferait contre Josiane. Mais il était décidé à faire quelque chose. Anéantir Josiane, c'eût été trop de succès. Il ne l'espérait point. Mais l'humilier, l'amoindrir, la désoler, rougir de larmes de rage ces yeux superbes, voilà une réussite. Il y comptait. Il entendait bien trouver le défaut de l'armure d'or de Josiane, et faire ruisseler le sang de cette olympienne.

Comment ! cette Josiane lui avait fait l'aumône ! Elle avait émietté sur lui, comme sur un mendiant, quelques liards de sa colossale richesse ! Elle l'avait rivé et cloué à une fonction inepte ! Si, lui Barkilphedro, personnage docte, ayant l'étoffe d'un révérend, il avait pour emploi d'enregistrer des tessons bons à racler les pustules de Job, s'il passait sa vie dans un galetas de greffe à déboucher gravement de stupides bouteilles incrustées de toutes les saletés de la mer, et à déchiffrer des parchemins moisis, c'était la faute de cette Josiane ! Comment ! cette créature le tutoyait !

Et il ne se vengerait pas?

Et il ne punirait pas cette espèce!

Ah çà mais! il n'y aurait donc plus de justice ici-bas!

Flamboiements qu'on verrait si l'homme était transparent

Ne vous laissez jamais rendre service. On en abusera. Ne vous laissez pas prendre en délit d'inanition. On vous soulagerait. Parce qu'il était sans pain, cette femme avait trouvé le prétexte suffisant pour lui donner à manger! Désormais il était son domestique! Une défaillance d'estomac, et vous voilà à la chaîne pour la vie! Être obligé, c'est être exploité.

C'est ainsi que les riches font prisonnier le pauvre.

Cette glu de la bonne action commise sur vous vous barbouille et vous embourbe pour toujours.

Une aumône est irrémédiable. Reconnaissance, c'est paralysie. Le bienfait a une adhérence visqueuse et répugnante qui vous ôte vos libres mouvements.

Celui qui se venge d'un bienfait, quel homme! Barkilphedro était ce colosse. Ordinairement l'ingratitude est de l'oubli; chez ce privilégié du mal, elle était de la fureur. Jamais un homme n'avait à ce point abhorré une femme sans raison. Quelle chose terrible! Elle était son insomnie, sa préoccupation, son ennui, sa rage.

Peut-être en était-il un peu amoureux.

Barkilphedro en embuscade

Trouver l'endroit sensible de Josiane et la frapper là ; telle était la volonté imperturbable de Barkilphedro.

Comment s'y prendre ?

Premier point à éclaircir. La reine aimait-elle sa sœur ?

Avant d'entamer la partie, le joueur regarde ses cartes. Quels atouts a-t-il ? Barkilphedro commença par examiner l'âge des deux femmes : Josiane, vingt-trois ans ; Anne, quarante et un ans. C'était bien. Il avait du jeu.

Le moment où la femme cesse de compter par printemps et commence à compter par hivers est irritant. Sourde rancune contre le temps, qu'on a en soi. Les jeunes belles épanouies sont pour vous épines, et de toutes ces roses vous sentez la piqûre.

Exploiter cette mauvaise humeur secrète, creuser la ride d'une femme de quarante ans qui est reine, cela était indiqué à Barkilphedro.

Qu'est-ce que la reine Anne, dans son for intérieur, voulait à la duchesse Josiane ? Du bien, ou du mal ?

Problème. Barkilphedro se le posa.

Ce problème résolu, on pourrait aller plus loin.

Divers hasards servirent Barkilphedro. Et surtout sa ténacité au guet.

Anne était, du côté de son mari, un peu parente de la nouvelle reine de Prusse. Cette reine de Prusse avait, elle aussi, une sœur cadette illégitime, la baronne Drika.

Un jour, Barkilphedro présent, Anne fit à l'ambassadeur de Prusse des questions sur cette Drika.

– Elle est jeune ?

– Toute jeune.

– Aussi belle que la reine ?

L'ambassadeur baissa la voix et répondit :

– Plus belle.

– Ce qui est insolent, murmura Barkilphedro.

La reine eut un silence, puis s'écria :

– Ces bâtardes !

Barkilphedro nota ce pluriel.

Il était fixé.

On pouvait nuire à la duchesse sans déplaire à la reine.

Le premier problème était résolu. Maintenant le deuxième se présentait.

Comment faire pour nuire à la duchesse ?

Écosse, Irlande et Angleterre

Indiquons un détail : Josiane « avait le tour ».

« Avoir le tour » en Angleterre était un signe de véritable approche de la personne régnante. Quiconque était, par naissance ou faveur, en posture de recevoir des communications directes de Sa Majesté, avait dans le mur de sa chambre de lit un tour où était ajusté un timbre. Le timbre sonnait, le tour s'ouvrait, une missive royale apparaissait sur une assiette d'or ou sur un coussin de velours, puis le tour se refermait. C'était intime et solennel. Qui avait le tour était comme quelqu'un chez qui Dieu enverrait de temps en temps son facteur porter une lettre. Pas d'exception plus enviée. Ce privilège entraînait plus de servilité. On en était un peu plus valet. À la cour, ce qui élève abaisse.

N'étant pas encore mariés, lord David et lady Josiane pouvaient sans ridicule se montrer ensemble en public, ce qu'ils faisaient volontiers. Ils allaient souvent aux spectacles et aux courses dans le même carrosse et dans la même tribune.

Les plus belles boxes d'alors avaient lieu à Lambeth. Une fois, c'était en hiver, il y eut là, dans une prairie fermée à clef, un assaut de deux hommes auquel assista Josiane, menée par David.

Force gentilshommes pariaient. Les deux boxeurs étaient un Irlandais de Tipperary nommé du nom de sa montagne natale Phelem-ghe-madone, et un Écossais appelé Helmsgail. Irlande et Écosse allaient se cogner. Aussi les paris dépassaient quarante mille guinées, sans compter les jeux fermes.

Les deux champions étaient nus avec une culotte très courte bouclée aux hanches, et des brodequins à semelles cloutées, lacés aux chevilles.

Helmsgail, l'Écossais, était un petit d'à peine dix-neuf ans, mais il avait déjà le front recousu.

Son adversaire était vaste et large, c'est-à-dire faible. C'était un homme de quarante ans. Il avait six pieds de haut, un poitrail d'hippopotame, et l'air doux. Son coup de poing fendait le pont d'un navire, mais il ne savait pas le donner.

Le petit courait, frappait, sautait, grinçait, doublait la vigueur par la vitesse, savait les ruses. D'un côté le coup de poing primitif, sauvage, inculte, à l'état d'ignorance ; de l'autre le coup de poing de la civilisation. C'était l'art contre la nature. C'était le féroce contre le barbare.

Il était clair que le barbare serait battu. Mais pas très vite. De là l'intérêt.

Helmsgail frappa Phelem-ghe-madone au sternum. Phelem-ghe-madone défaillait. Phelem-ghe-madone, outre sa plaie au front, avait les pectoraux déformés de coups, le ventre tuméfié et le sinciput meurtri. Helmsgail n'avait rien.

Le combat, qui était une agonie pour Phelem-ghe-madone, était un jeu pour Helmsgail.

Tout à coup Helmsgail prit sous son bras gauche courbé comme un croissant d'acier la grosse tête de Phelem-ghe-madone, et le tint là sous son aisselle, pendant que de son poing droit, tombant et retombant comme un marteau sur un clou, mais de bas en haut et en dessous, il lui écrasait à l'aise la face. Quand Phelem-ghe-madone, enfin lâché, releva la tête, il n'avait plus de visage.

Ce qui avait été un nez, des yeux et une bouche, n'était plus qu'une apparence d'éponge noire trempée dans le sang. Il cracha. On vit à terre quatre dents.

Puis il tomba.

Helmsgail était à peine touché. Il avait quelques bleus insignifiants et une égratignure à une clavicule.

Phelem-ghe-madone se releva. C'était la vingt-cinquième reprise. À la manière dont ce cyclope, car il n'avait plus qu'un œil, se remit en posture, on comprit que c'était la fin et personne ne douta qu'il ne fût perdu.

Helmsgail, levant le bras, frappa, et, ce fut étrange, tous deux tombèrent. On entendit un grognement gai.

C'était Phelem-ghe-madone qui était content.

Il avait profité du coup terrible qu'Helmsgail lui avait donné sur le crâne pour lui en donner un, mauvais, au nombril.

Helmsgail, gisant, râlait.

Tout le monde battit des mains, même les perdants.

On emporta Helmsgail sur une civière. L'opinion était qu'il n'en reviendrait point. Phelem-ghe-madone était évidemment estropié pour la vie.

En sortant, Josiane prit le bras de lord David. Elle lui dit :

– C'est très beau. Mais…

– Mais quoi ?

– J'aurais cru que cela m'ôterait mon ennui. Eh bien, non.

Lord David s'arrêta, regarda Josiane et dit à la duchesse :

– Pour l'ennui il n'y a qu'un remède.

– Lequel ?

– Gwynplaine.

LIVRE DEUXIÈME

GWYNPLAINE ET DEA

Où l'on voit le visage de celui dont on n'a encore vu que les actions

La nature avait été prodigue de ses bienfaits envers Gwynplaine. Elle lui avait donné une bouche s'ouvrant jusqu'aux oreilles, des oreilles se repliant jusque sur les yeux, un nez informe fait pour l'oscillation des lunettes de grimacier, et un visage qu'on ne pouvait regarder sans rire. Nous venons de le dire, la nature avait comblé Gwynplaine de ses dons. Mais était-ce la nature ?

Ne l'avait-on pas aidée ?

Deux yeux pareils à des jours de souffrance, un hiatus pour bouche, une protubérance camuse avec deux trous qui étaient les narines, pour face un écrasement, et tout cela ayant pour résultante le rire, il est certain que la nature ne produit pas toute seule de tels chefs-d'œuvre.

Un pareil visage n'est pas fortuit, mais voulu. Il

semblait évident qu'une science mystérieuse avait ciselé cette chair, à coup sûr dans le très bas âge, et créé, avec préméditation, ce visage. Cette science avait fendu la bouche, débridé les lèvres, dénudé les gencives, distendu les oreilles, décloisonné les cartilages, désordonné les sourcils et les joues, élargi le muscle zygomatique, estompé les coutures et les cicatrices, ramené la peau sur les lésions, tout en maintenant la face à l'état béant, et de cette sculpture puissante et profonde était sorti ce masque, Gwynplaine.

On ne naît pas ainsi.

Quoi qu'il en fût, Gwynplaine était admirablement réussi.

Gwynplaine était un don fait par la providence à la tristesse des hommes.

Gwynplaine était saltimbanque. Il se faisait voir en public. Pas d'effet comparable au sien. Il guérissait les hypocondries rien qu'en se montrant. Il était à éviter pour des gens en deuil, confus et forcés, s'ils l'apercevaient, de rire indécemment. On voyait Gwynplaine, on se tenait les côtes ; il parlait, on se roulait à terre.

Aussi était-il parvenu rapidement, dans les champs de foire et dans les carrefours, à une fort satisfaisante renommée d'homme horrible.

C'est en riant que Gwynplaine faisait rire. Et pourtant il ne riait pas. Sa face riait, sa pensée non. L'espèce de visage inouï que le hasard ou une industrie bizarrement spéciale lui avait façonné riait tout seul. On lui avait à jamais appliqué le rire sur le visage.

On voyait Gwynplaine, on riait. Quand on avait ri,

on détournait la tête. Les femmes surtout avaient horreur. Cet homme était effroyable. Une fois le rire refroidi, Gwynplaine, pour une femme, était insupportable à voir et impossible à regarder.

Il était du reste grand, bien fait, agile, nullement difforme, si ce n'est de visage. Gwynplaine, beau de corps, avait probablement été beau de figure. En naissant, il avait dû être un enfant comme un autre. On avait conservé le corps intact et seulement retouché la face. Gwynplaine avait été fait exprès.

On lui avait laissé les dents. Les dents sont nécessaires au rire. La tête de mort les garde.

L'opération faite sur lui avait dû être affreuse. Il ne s'en souvenait pas, ce qui ne prouvait point qu'il ne l'eût pas subie. Cette sculpture chirurgicale n'avait pu réussir que sur un enfant tout petit, et par conséquent ayant peu conscience de ce qui lui arrivait, et pouvant aisément prendre une plaie pour une maladie. En outre, dès ce temps-là, on se le rappelle, les moyens d'endormir le patient et de supprimer la souffrance étaient connus. Seulement, à cette époque, on les appelait magie. Aujourd'hui on les appelle anesthésie.

Outre ce visage, ceux qui l'avaient élevé lui avaient donné des ressources de gymnaste et d'athlète ; ses articulations, utilement disloquées, avaient reçu une éducation de clown et pouvaient, comme des gonds de porte, se mouvoir dans tous les sens. Dans son appropriation au métier de saltimbanque rien n'avait été négligé.

Ses cheveux avaient été teints couleur d'ocre une

fois pour toutes. Gwynplaine avait les cheveux jaunes. Cette peinture des cheveux, apparemment corrosive, les avait laissés laineux et bourrus au toucher. Ce hérissement fauve, plutôt crinière que chevelure, couvrait et cachait un profond crâne fait pour contenir de la pensée. Derrière ce rire il y avait une âme, faisant, comme nous tous, un songe.

Du reste, ce rire était pour Gwynplaine tout un talent. Il n'y pouvait rien, et il en tirait parti. Au moyen de ce rire, il gagnait sa vie.

Gwynplaine – on l'a sans doute déjà reconnu – était cet enfant abandonné un soir d'hiver sur la côte de Portland, et recueilli dans une pauvre cahute roulante à Weymouth.

Dea

L'enfant était à cette heure un homme. Quinze ans s'étaient écoulés. On était en 1705. Gwynplaine touchait à ses vingt-cinq ans.

Ursus avait gardé avec lui les deux enfants. Cela avait fait un groupe nomade.

Ursus et Homo avaient vieilli. Ursus était devenu tout à fait chauve. Le loup grisonnait.

La petite fille trouvée sur la femme morte était maintenant une grande créature de seize ans, pâle avec des cheveux bruns, frêle, presque tremblante à force de délicatesse et donnant la peur de la briser, admirablement belle, les yeux pleins de lumière, aveugle.

La fatale nuit d'hiver, qui avait renversé la mendiante et son enfant dans la neige, avait fait coup double. Elle avait tué la mère et aveuglé la fille.

Ursus, maniaque de noms latins, l'avait baptisée *Dea.*

Quant à Gwynplaine, Ursus n'avait pas eu la peine de lui inventer un nom. Le matin même du jour où il avait constaté le défigurement du petit garçon et la cécité de la petite fille, il avait demandé :

– *Boy*, comment t'appelles-tu ?

Et le garçon avait répondu :

– On m'appelle Gwynplaine.

– Va pour Gwynplaine, avait dit Ursus.

Si la misère humaine pouvait être résumée, elle l'eût été par Gwynplaine et Dea. Ils semblaient être nés chacun dans un compartiment du sépulcre ; Gwynplaine dans l'horrible, Dea dans le noir. Leurs existences étaient faites avec des ténèbres d'espèce différente, prises dans les deux côtés formidables de la vie. Dea avait un voile, la nuit, et Gwynplaine avait un masque, sa face. Un décret de malheur pesait visiblement sur ces deux créatures humaines, et jamais la fatalité, autour de deux êtres qui n'avaient rien fait, n'avait mieux arrangé la destinée en torture et la vie en enfer.

Ils étaient dans un paradis.

Ils s'aimaient.

Gwynplaine adorait Dea. Dea idolâtrait Gwynplaine.

– Tu es si beau ! lui disait-elle.

« Oculos non habet et videt[1] »

Une seule femme sur la terre voyait Gwynplaine. C'était cette aveugle.

Ce que Gwynplaine avait été pour elle, elle le savait par Ursus, à qui Gwynplaine avait raconté sa rude marche de Portland à Weymouth. Elle savait que, toute petite, expirante sur sa mère expirée, un être, un peu moins petit qu'elle, l'avait ramassée ; que pour elle, Dea, ce titan de dix ans avait livré bataille à l'immensité nocturne. Gwynplaine éblouissait Dea.

Pour la foule, qui a trop de têtes pour avoir une pensée et trop d'yeux pour avoir un regard, Gwynplaine était un clown, un bateleur, un saltimbanque, un grotesque, un peu plus et un peu moins qu'une bête. La foule ne connaissait que le visage.

Pour Dea, Gwynplaine était le sauveur qui l'avait ramassée dans la tombe et emportée dehors, le consolateur qui lui faisait la vie possible, le libérateur dont elle sentait la main dans la sienne en ce labyrinthe qui est la cécité ; et là où la multitude voyait le monstre, elle voyait l'archange.

C'est que Dea, aveugle, apercevait l'âme.

1. *Elle n'a pas d'yeux et elle voit.* Citation détournée de saint Marc : « Avez-vous des yeux pour ne pas voir ? »

Gwynplaine, de son côté, était enivré de Dea. Il était l'horreur, elle était la grâce.

Gwynplaine vivait dans une sorte de décapitation, ayant un visage qui n'était pas lui. Ce visage était épouvantable, si épouvantable qu'il amusait. Il faisait tant peur qu'il faisait rire. Il était infernalement bouffon. Jamais on n'avait vu plus totale éclipse de l'homme sur le visage humain, jamais parodie n'avait été plus complète, jamais ébauche plus affreuse n'avait ricané dans un cauchemar, jamais tout ce qui peut repousser une femme n'avait été plus hideusement amalgamé dans un homme ; l'infortuné cœur, masqué et calomnié par cette face, semblait à jamais condamné à la solitude sous ce visage comme sous un couvercle de tombe. Eh bien, non ! où s'était épuisée la méchanceté inconnue, la bonté invisible à son tour se dépensait.

Pour que cela fût possible, il fallait que la belle ne vît pas le défiguré. Pour ce bonheur, il fallait ce malheur. La providence avait fait Dea aveugle.

Gwynplaine se sentait vaguement l'objet d'une rédemption. Pourquoi la persécution ? il l'ignorait. Pourquoi le rachat ? il l'ignorait. Une auréole était venue se poser sur sa flétrissure · c'est tout ce qu'il savait. Des suppositions étaient possibles, la probabilité d'une voie de fait sur l'enfance de Gwynplaine était entrevue ; mais pour Gwynplaine il n'y avait qu'une évidence, le résultat. Sa destinée était de vivre sous un stigmate. Pourquoi ce stigmate ? pas de réponse.

Silence et solitude autour de Gwynplaine. Dans cet accablement, Dea intervenait; sorte d'interposition céleste entre Gwynplaine et le désespoir. Il percevait, ému et comme réchauffé, la douceur de cette fille exquise tournée vers son horreur; fait pour l'effroi, il avait cette exception prodigieuse d'être admiré et adoré dans l'idéal par la lumière, et, monstre, il sentait sur lui la contemplation d'une étoile.

Ursus instituteur et Ursus tuteur

Ursus avait été pour Gwynplaine et Dea à peu près père et mère. Tout en murmurant, il les avait élevés; tout en grondant, il les avait nourris. Cette adoption ayant fait la cahute roulante plus lourde, il avait dû s'atteler plus fréquemment avec Homo pour la traîner.

Ursus, en voyant grandir Gwynplaine, avait tiré l'horoscope de sa difformité.

– On a fait ta fortune, lui avait-il dit.

La vie errante n'avait pas empêché l'éducation. Errer, c'est croître, disait Ursus. Gwynplaine étant évidemment fait pour être «montré dans les foires», Ursus avait cultivé en lui le saltimbanque, et dans ce saltimbanque il avait incrusté de son mieux la science et la sagesse. Il répétait souvent à Gwynplaine:

– Sois un philosophe. Être sage, c'est être invulnérable.

Le passé, le peu qu'ils en avaient du moins, n'existait point pour Gwynplaine et Dea. Ils en savaient ce qu'Ursus leur en avait dit. Ils appelaient Ursus «Père».

Gwynplaine n'avait souvenir de son enfance que comme d'un passage de démons sur son berceau. Ce qu'il se rappelait nettement, et dans les moindres détails, c'était la tragique aventure de son abandon. La trouvaille de Dea faisait pour lui de cette nuit lugubre une date radieuse.

La cécité donne des leçons de clairvoyance

Parfois Gwynplaine s'adressait des reproches. Il se faisait de son bonheur un cas de conscience. Il s'imaginait que se laisser aimer par cette femme qui ne pouvait le voir, c'était la tromper.

Une fois il dit à Dea :

– Quand tu entends tout le monde rire, c'est de moi qu'on rit, parce que je suis horrible.

– Je t'aime, lui dit Dea.

Et Gwynplaine avait cette joie d'avoir avoué et de n'être pas cru. Sa conscience était en repos, son amour aussi.

Ils étaient arrivés ainsi, elle à seize ans, lui à près de vingt-cinq.

Une sorte de sainte enfance continuait dans leur amour.

Leurs caresses n'allaient guère au-delà des mains pressées, et parfois du bras nu effleuré. Une volupté doucement bégayante leur suffisait.

Cependant Gwynplaine avait beau rêver et s'absorber le plus qu'il pouvait dans la contemplation de Dea et dans le for intérieur de son amour, il était homme.

Les lois fatales ne s'éludent point. Il subissait, comme toute l'immense nature, les fermentations obscures voulues par le Créateur. Cela parfois, quand il paraissait en public, lui faisait regarder les femmes qui étaient dans la foule ; mais il détournait tout de suite ce regard en contravention, et il se hâtait de rentrer, repentant, dans son âme.

Ajoutons que l'encouragement manquait. Sur le visage de toutes les femmes qu'il regardait il voyait l'aversion, l'antipathie, la répugnance, le rejet. Il était clair qu'aucune autre que Dea n'était possible pour lui. Cela l'aidait à se repentir.

Non seulement le bonheur, mais la prospérité

Chez Gwynplaine, la mauvaise pensée ne parvenait point à éclore, et il n'y avait jamais remords. Mais il y avait parfois regret.

Vagues brumes de la conscience.

Qu'était-ce ? Rien.

Leur bonheur était complet. Tellement complet qu'ils n'étaient même plus pauvres.

De 1689 à 1704 une transfiguration avait eu lieu.

Il arrivait parfois, en cette année 1704, qu'à la nuit tombante, dans telle ou telle petite ville du littoral, un vaste et lourd fourgon, traîné par deux chevaux robustes, faisait son entrée. Cela ressemblait à une coque de navire qu'on aurait renversée, la quille pour toit, le pont pour plancher, et mise sur quatre roues. Roues, timon et fourgon, tout était badigeonné en vert.

Cette couleur verte avait fini par faire remarquer cette voiture, on l'appelait la Green-Box, ce qui veut dire la Boîte-Verte. Cette Green-Box n'avait que deux fenêtres, une à chaque extrémité, et à l'arrière une porte avec marchepied. À l'avant, sur un strapontin adhérent au fourgon, et ayant pour porte la fenêtre, au-dessus de la croupe des chevaux, à côté d'un vieillard qui tenait les guides et dirigeait l'attelage, deux femmes bréhaignes, c'est-à-dire bohémiennes, vêtues en déesses, sonnaient de la trompette. L'ébahissement des bourgeois contemplait et commentait cette machine, fièrement cahotante.

C'était l'ancien établissement d'Ursus, amplifié par le succès, et de tréteau promu théâtre.

Une espèce d'être entre chien et loup était enchaîné sous le fourgon. C'était Homo.

Le vieux cocher était la personne même du philosophe.

D'où venait cette croissance de la cahute misérable en berlingot olympique ?

De ceci : Gwynplaine était célèbre.

C'était avec un flair vrai de ce qui est la réussite parmi les hommes qu'Ursus avait dit à Gwynplaine : « On a fait ta fortune. »

Ursus, on s'en souvient, avait fait de Gwynplaine son élève. Des inconnus avaient travaillé le visage. Il avait, lui, travaillé l'intelligence, et derrière ce masque si bien réussi il avait mis le plus qu'il avait pu de pensée. Dès que l'enfant grandi lui en avait paru digne, il l'avait produit sur la scène, c'est-à-dire sur le devant de la cahute. L'effet de cette apparition avait été extraordinaire. Tout de suite les passants avaient admiré. Jamais on n'avait rien vu de comparable à ce surprenant mime du rire. Partout, dans les carrefours, dans les marchés, dans toutes les stations de foire et de fête, la foule se ruait vers Gwynplaine. Grâce à cette «*great attraction*», il y avait eu dans la pauvre escarcelle du groupe nomade pluie de liards d'abord, ensuite de gros sous, et enfin de shellings. La fortune prédite par Ursus était venue.

– Quel service on t'a rendu là, mon garçon! disait Ursus.

Cette «fortune» avait permis à Ursus de faire construire la charrette de ses rêves, c'est-à-dire un fourgon assez vaste pour porter un théâtre et semer la science et l'art dans les carrefours. De plus, Ursus avait pu ajouter au groupe composé de lui, d'Homo, de Gwynplaine et de Dea, deux chevaux et deux femmes, lesquelles étaient dans la troupe déesses et servantes.

Ces deux bréhaignes, ramassées par le philosophe dans le pêle-mêle nomade des bourgs et faubourgs, étaient laides et jeunes, et s'appelaient, par la volonté d'Ursus, l'une Phœbé et l'autre Vénus. Lisez: *Fibi* et *Vinos*. Attendu qu'il est convenable de se conformer à la prononciation anglaise.

Le berlingot était coupé en trois compartiments cloisonnés. Les compartiments communiquaient par des baies libres et sans porte. Une pièce d'étoffe tombante les fermait à peu près. Le compartiment d'arrière était le logis des hommes, le compartiment d'avant était le logis des femmes, le compartiment du milieu, séparant les deux sexes, était le théâtre. Les effets d'orchestre et de machines étaient dans la cuisine. Une soupente sous la voussure du toit contenait les décors, et en ouvrant une trappe à cette soupente on démasquait des lampes qui produisaient des magies d'éclairage.

La Green-Box, fabriquée sur la savante épure d'Ursus, offrait ce raffinement ingénieux qu'entre les deux roues de devant et de derrière, le panneau central de la façade de gauche tournait sur charnière à l'aide d'un jeu de chaînes et de poulies, et s'abattait à volonté comme un pont-levis. En même temps le théâtre apparaissait, augmenté du plateau qui en faisait l'avant-scène.

À l'arrivée, sur les places des villages et des villes, dans les intervalles de la fanfare de Fibi et de Vinos, Ursus commentait les trompettes par des révélations instructives.

Après quoi, la Green-Box s'arrêtait dans un lieu quelconque du choix d'Ursus, et, le soir venu, le panneau avant-scène s'abaissait, le théâtre s'ouvrait, et la performance commençait.

Extravagances que les gens sans goût appellent poésie

Ursus avait fait spécialement pour Gwynplaine un interlude dont il était content. C'était son œuvre capitale. Il s'y était mis tout entier.

Ursus avait beaucoup léché cet interlude intitulé: *Chaos vaincu.*

Voici ce que c'était:

Un effet de nuit. La foule massée devant la Green-Box ne voyait que du noir. Dans ce noir se mouvaient à l'état reptile trois formes confuses, un loup, un ours et un homme. Le loup était le loup, Ursus était l'ours, Gwynplaine était l'homme. Le loup et l'ours représentaient les forces féroces de la nature, et tous deux se ruaient sur Gwynplaine, et c'était le chaos combattant l'homme. On ne distinguait la figure d'aucun. Gwynplaine se débattait couvert d'un linceul, et son visage était caché par ses épais cheveux tombants. L'ours grondait, le loup grinçait, l'homme criait. L'homme avait le dessous, il demandait aide et secours, il jetait dans l'inconnu un profond appel. C'était lugubre, la foule regardait haletante; une minute de plus, les fauves triomphaient, et le chaos allait résorber l'homme. Lutte, cris, hurlements, et tout à coup silence. Et subitement, sans qu'on sût d'où ni comment, une blancheur surgissait. Cette blancheur était une lumière, cette lumière était une femme, cette femme était l'esprit. Dea, calme, candide, belle, formidable de sérénité et de douceur, apparaissait au centre d'un nimbe. À cette apparition, l'homme, dressé dans un sursaut d'éblouissement, abattait ses deux poings sur les deux brutes terrassées.

Alors la vision lui posait la main sur le front.

Et brusquement, dans cette ombre, un jet de lumière frappait Gwynplaine en pleine face.

On voyait dans ces ténèbres le monstre épanoui.

Dire la commotion de la foule est impossible. Un soleil de rire surgissant, tel était l'effet. Le rire naît de l'inattendu, et rien de plus inattendu que ce dénouement. On riait autour de ce rire ; partout, en haut, en bas, sur le devant, au fond, les hommes, les femmes, les vieilles faces chauves, les roses figures d'enfants, les bons, les méchants, les gens gais, les gens tristes, tout le monde ; et même dans la rue, les passants, ceux qui ne voyaient pas, en entendant rire, riaient. De là un succès énorme.

Coup d'œil de celui qui est hors de tout sur les choses et sur les hommes

L'homme a une pensée, se venger du plaisir qu'on lui fait. De là le mépris pour le comédien.

Cet être me charme, me divertit, m'enseigne, m'enchante, me console, me verse l'idéal, m'est agréable et utile, quel mal puis-je lui rendre ? L'humiliation. Il me plaît, donc il est vil. Il me sert, donc je le hais. Achevons-lui son triomphe en huée. Qu'il amasse la foule et qu'il crée la solitude.

Et c'est ainsi que les classes riches, dites hautes classes, ont inventé pour le comédien cette forme d'isolement, l'applaudissement.

Gwynplaine était donc, comme tous les comédiens, applaudi et isolé. Du reste, ici-bas tout succès est crime, et s'expie.

Il était satisfait de l'applaudissement, et content de

l'isolement. Par l'applaudissement, il était riche; par l'isolement, il était heureux.

Du côté de l'âme, il était opulent. Il avait l'amour. Que pouvait-il désirer?

Il ne désirait rien.

La difformité de moins, il semble que ce pouvait être là une offre à lui faire. Comme il l'eût repoussée! Quitter ce masque et reprendre son visage, redevenir ce qu'il avait été peut-être, beau et charmant, certes, il n'eût pas voulu! Et avec quoi eût-il nourri Dea? que fût devenue la pauvre et douce aveugle qui l'aimait? Il triomphait de la misère. Comment? par sa difformité. Par sa difformité, il était utile, secourable, victorieux, grand. Il n'avait qu'à se montrer, et l'argent venait. Il était le maître des foules; il se constatait le souverain des populaces. Il pouvait tout pour Dea. Gwynplaine n'eût pas changé de visage avec Apollon. Être monstre était pour lui la forme du bonheur.

Chaque soir toutes les fatalités sociales venaient faire cercle autour de sa félicité.

La Green-Box était populaire.

Le bas prix appelle la basse classe. Ce qui venait à lui c'étaient les faibles, les pauvres, les petits. On venait acheter pour deux sous d'oubli. Du haut de son tréteau, Gwynplaine passait en revue le sombre peuple. Pas une souffrance, pas une colère, pas une ignominie, pas un désespoir, dont Gwynplaine ne vît la ride. Ces bouches d'enfants n'avaient pas mangé. Cet homme était un père, cette femme était une mère, et derrière eux on devinait des familles en perdition. Tel visage sortait du vice et entrait au crime; et l'on comprenait le pourquoi: ignorance et indigence. Ici Gwynplaine lisait chômage, là exploitation, là servitude. Ses yeux parfois, curieux d'une curiosité émue, cherchaient à voir jusqu'au fond de cette obscurité où agonisaient tant d'efforts inutiles et où luttaient tant de lassitudes, familles dévorées par la société, mœurs torturées par les lois, plaies faites gangrènes par la pénalité, indigences rongées par l'impôt, intelligences à vau-l'eau dans un engloutissement d'ignorance, radeaux en détresse couverts d'affamés, guerres, disettes, râles, cris, disparitions; et il sentait le vague saisissement de cette poignante angoisse universelle. Il avait la vision de toute cette écume du malheur sur le sombre pêle-mêle humain. Lui, il était au port, et il regardait autour de lui ce naufrage.

Par moments, il prenait dans ses mains sa tête défigurée, et perdait le sentiment de la proportion jusqu'à se dire: «Que pourrait-on faire pour ce pauvre peuple?» Quelquefois son absorption était telle qu'il le disait tout haut. Alors Ursus haussait les épaules et le regardait fixement. Et Gwynplaine continuait de rêver:

– Oh! si j'étais puissant, comme je viendrais en aide aux malheureux! Que puis-je? rien.

Il se trompait. Il pouvait beaucoup pour les malheureux. Il les faisait rire.

Et faire rire, c'est faire oublier. Quel bienfaiteur sur la terre qu'un distributeur d'oubli!

Gwynplaine est dans le juste, Ursus est dans le vrai

Ce qui se passait en Gwynplaine n'échappait point à Ursus. Un jour que Gwynplaine méditait, Ursus s'écria :

– Tu es heureux de deux bonheurs : le premier, c'est que la foule voit ton museau, le second, c'est que Dea ne le voit pas. Il y a dans ce monde, qui est une chose très bien faite, les heureux de droit et les heureux de raccroc. Tu es un heureux de raccroc. Écoute, je vais te parler le langage de la vraie poésie : que Dea mange des tranches de bœuf et des côtelettes de mouton, dans six mois elle sera forte comme une Turque ; épouse-la tout net, et fais-lui un enfant, deux enfants, trois enfants, une ribambelle d'enfants. Voilà ce que j'appelle philosopher. Aie des mioches, torche-les, mouche-les, couche-les, barbouille-les et débarbouille-les, que tout cela grouille autour de toi ; s'ils rient, c'est bien ; s'ils gueulent, c'est mieux ; crier, c'est vivre ; regarde-les téter à six mois, ramper à un an, marcher à deux ans, grandir à quinze ans, aimer à vingt ans. Qui a ces joies, a tout. Moi, j'ai manqué cela, c'est ce qui fait que je suis une brute. Quant au monde, il est ce qu'il est ; il n'a pas besoin de toi pour aller mal. Un comédien est fait pour être regardé, non pour regarder. Sais-tu ce qu'il y a dehors ? les heureux de droit. Toi, je te le répète, tu es l'heureux du hasard. Tu es le filou du bonheur dont ils sont les propriétaires. Ils sont les légitimes, tu es l'intrus, tu vis en concubinage avec la chance. S'ils te demandaient: de quel droit es-tu heureux? tu ne saurais que répondre. Sais-tu ce que c'est, misérable, que l'heureux de droit? C'est un être terrible, c'est le lord. Un lord, c'est celui qui a tout et qui est tout. Un lord est celui qui a, jeune, les droits du vieillard, vieux, les bonnes fortunes du jeune homme, vicieux, le respect des gens de bien, poltron, le commandement des gens de cœur, fainéant, le fruit du travail, ignorant, le diplôme de Cambridge et d'Oxford, bête, l'admiration des poètes, laid, le sourire des femmes. Les lords ont la puissance, pourquoi? parce qu'ils ont la richesse. Les seigneurs sont, entends-tu, maraud? Et nous devons le trouver bon. Et puis si nous le trouvons mauvais, qu'est-ce que cela leur fait? Mon garçon, les carrosses existent. Le lord est dedans, le peuple est sous la roue, le sage se range. Mets-toi de côté, et laisse passer.

– Oui, murmura Gwynplaine pensif, c'est de l'enfer des pauvres qu'est fait le paradis des riches.

Ursus le poète entraîne Ursus le philosophe

«L'Homme qui rit». Telle était la forme qu'avait prise la célébrité de Gwynplaine. Son nom, Gwynplaine, à peu près ignoré, avait disparu sous ce sobriquet, de même que sa face sous le rire. Sa popularité était comme son visage, un masque.

Son nom pourtant se lisait sur un large écriteau placardé à l'avant de la Green-Box, lequel offrait à la foule cette rédaction due à Ursus:

«ICI L'ON VOIT GWYNPLAINE, ABANDONNÉ À L'ÂGE DE DIX ANS, LA NUIT DU 29 JANVIER 1690, PAR LES SCÉLÉRATS *COMPRACHICOS*, AU BORD DE LA MER À PORTLAND, DE PETIT DEVENU GRAND, ET AUJOURD'HUI APPELÉ L'HOMME QUI RIT.»

Sa renommée croissait. Elle commençait à déborder la populace, et elle montait plus haut. Parmi les amateurs de bizarreries foraines et les coureurs de curiosités et de prodiges, on savait qu'il existait quelque part, à l'état de vie errante, tantôt ici, tantôt là, un masque extraordinaire. On en parlait, on le cherchait, on se demandait : Où est-ce ? L'Homme qui Rit devenait décidément fameux. Un certain lustre en rejaillissait sur *Chaos vaincu.*

Tellement qu'un jour Ursus, ambitieux, dit :

– Il faut aller à Londres.

LIVRE TROISIÈME

COMMENCEMENT DE LA FÊLURE

L'inn Tadcaster

Londres n'avait à cette époque qu'un pont, le Pont de Londres, avec des maisons dessus. Ce pont reliait à Londres Southwark, faubourg pavé et caillouté avec des galets de la Tamise, tout en ruettes et ruelles, ayant quantité de bâtisses, logis et cahutes de bois, pêle-mêle combustible où l'incendie a ses aises.

Dans un long vieux mur cyclopéen sur la Tamise étaient scellés des anneaux où s'amarraient les coches de rivière. Ce mur s'appelait le mur d'Effroc ou Effroc-Stone. L'excellence de ce petit mouillage attirait les navires de mer, et la vieille panse de Hollande, dite la *Vograat*, venait s'amarrer à l'Effroc-Stone. La *Vograat* faisait directement une fois par semaine la traversée de Londres à Rotterdam et de Rotterdam à Londres.

En amont de l'Effroc-Stone, au coude de la Tamise, il y avait, entre une poterie où l'on faisait de la porcelaine et une verrerie où l'on faisait des bouteilles peintes, un de ces vastes terrains vagues où l'herbe pousse, appelés autrefois en France cultures et mails, et en Angleterre *bowling-greens*. Le bowling-green de Southwark s'appelait Tarrinzeau-field.

Le Tarrinzeau-field était une sorte de champ de foire permanent, encombré d'escamoteurs, d'équilibristes, de bateleurs, et de musiques sur des tréteaux.

Plusieurs *inns*, qui prenaient et envoyaient du public à ces théâtres forains, s'ouvraient sur cette place fériée toute l'année et y prospéraient. Ces inns étaient de simples échoppes, habitées seulement le jour. Le soir le tavernier mettait dans sa poche la clef de la taverne, et s'en allait. Un seul de ces inns était une maison.

Cet inn, appelé l'inn Tadcaster, plutôt auberge que taverne, et plutôt hôtellerie qu'auberge, avait une porte cochère et une assez grande cour.

La porte cochère, ouvrant de la cour sur la place, était la porte légitime de l'auberge Tadcaster, et avait à côté d'elle une porte bâtarde par où l'on entrait. Qui dit bâtarde dit préférée. Cette porte basse était la seule par où l'on passât. Elle donnait dans le cabaret proprement dit, qui était un large galetas enfumé, garni de tables et bas de plafond. Elle était surmontée d'une fenêtre au premier étage, aux ferrures de laquelle était ajustée et pendue l'enseigne de l'inn. La grande porte, barrée et verrouillée à demeure, restait fermée.

Il y avait dans l'inn Tadcaster un maître et un boy. Le maître s'appelait Nicless. Le boy s'appelait Govicum. Maître Nicless – Nicolas sans doute, qui devient par la prononciation anglaise Nicless – était un veuf avare et tremblant et ayant le respect des lois. Du reste, poilu aux sourcils et sur les mains. Quant au garçon de quatorze ans qui versait à boire et répondait au nom de Govicum, c'était une grosse tête joyeuse avec un tablier. Il était tondu ras, signe de servitude.

Éloquence en plein vent

Un soir qu'il faisait grand vent, et assez froid, et qu'on avait toutes les raisons du monde de se hâter dans la rue, un homme qui cheminait dans le Tarrinzeau-field, sous le mur de l'auberge Tadcaster, s'arrêta brusquement. On était dans les derniers mois de l'hiver de 1704 à 1705. Pourquoi s'était-il arrêté ? Pour écouter. Qu'écoutait-il ? Une voix qui parlait probablement dans une cour, de l'autre côté du mur, voix un peu sénile, mais pourtant si haute, qu'elle venait jusqu'aux passants dans la rue. Cette voix disait :

– Hommes et femmes de Londres, vous êtes un grand peuple. Vous êtes la nation qui mange les autres. Fonction magnifique. Cette succion du monde classe à part l'Angleterre. Je constate ceci à votre gloire, moi qui ne suis ni anglais, ni homme, ayant l'honneur d'être un docteur. Gentlemen, j'enseigne. Quoi ? Deux espèces de choses, celles que je sais et celles que j'ignore. Je vends des drogues et je donne des idées. J'ai un camarade qui fait rire, moi je fais penser. Nous habitons la même boîte, le rire étant d'aussi bonne famille que le savoir. Je ne dis qu'un mot ; c'est un monstre. Vous l'admirerez. Il fut jadis abandonné par des pirates sur les bords du sauvage océan. Quant à moi, je ratiocine et je médicamente. Je pense et je panse. Je guéris les fièvres, miasmes et pestes. Milords et messieurs, j'ai dit. Le spectacle va commencer.

L'homme qui écoutait du dehors entra dans la salle basse de l'inn, la traversa, paya quelque monnaie qu'on lui demanda, pénétra dans une cour pleine de public, aperçut au fond de la cour une baraque à roues, toute grande ouverte, et vit sur ce tréteau un homme vieux vêtu d'une peau d'ours, un homme jeune qui avait l'air d'un masque, une fille aveugle, et un loup.

– Vivedieu ! s'écria-t-il, voilà d'admirables gens.

Où le passant reparaît

La Green-Box, on vient de la reconnaître, était arrivée à Londres. Elle s'était établie à Southwark.

La grande cour de l'inn Tadcaster avait fixé le choix d'Ursus. La Green-Box semblait prévue par cette cour ; c'était un théâtre tout construit. Cette cour était carrée, et bâtie de trois côtés, avec un mur faisant vis-à-vis aux étages, et auquel on adossa la Green-Box, introduite grâce aux vastes dimensions de la porte cochère.

Dans un recoin, en arrière de la Green-Box, il y avait une écurie.

Ursus avait pris ses arrangements avec le tavernier, maître Nicless, qui, vu le respect des lois, n'admit le loup qu'en payant plus cher. L'écriteau «GWYNPLAINE – L'HOMME QUI RIT» avait été accroché près de l'enseigne de l'inn. Sous l'écriteau L'HOMME QUI RIT fut pendue à deux clous une planche peinte en blanc, portant, charbonné en grosses lettres, le titre de la grande pièce d'Ursus, *Chaos vaincu*.

Au centre du balcon, précisément en face de la Green-Box, un compartiment avait été réservé entre deux cloisons «pour la noblesse».

Il était assez large pour contenir, sur deux rangs, dix spectateurs.

– Nous sommes à Londres, avait dit Ursus. Il faut s'attendre à de la gentry.

Les représentations avaient commencé.

Tout de suite, la foule vint.

Le succès fut tel que de mémoire de saltimbanque on n'en avait pas vu de pareil. Tout Southwark accourut en cohue admirer l'Homme qui Rit.

Le succès de Gwynplaine fut prodigieux.

Dans les entractes, Ursus faisait de la ventriloquie transcendante; il imitait toute voix qui s'offrait dans l'assistance, un chant, un cri, à ébahir par la ressemblance le chanteur ou le crieur lui-même, et parfois il copiait le brouhaha du public, et il soufflait comme s'il eût été à lui seul un tas de gens. Talents remarquables.

En outre, il haranguait, comme Cicéron, vendait des drogues, soignait les maladies, et même guérissait les malades.

Southwark était captivé.

À chaque représentation, la cour de l'inn, transformée en parterre, s'emplissait d'un auditoire déguenillé et enthousiaste. Tout cela affluait de la rue dans le théâtre et refluait du théâtre dans la salle à boire. Les chopes bues ne nuisaient pas au succès.

Parmi ces gens qu'on est convenu d'appeler la «lie», il y en avait un plus haut que les autres, plus grand, plus fort, moins pauvre, plus carré d'épaules, vêtu comme le commun du peuple, mais pas déchiré, admirateur à tout rompre, se faisant place à coups de poing, ayant une perruque à la diable, jurant, criant, gouaillant, point malpropre, et au besoin pochant un œil et payant une bouteille.

Cet habitué était le passant dont on a entendu tout à l'heure le cri d'enthousiasme.

Ce connaisseur immédiatement fasciné avait tout de suite adopté l'Homme qui Rit. Il ne venait pas à toutes les représentations. Mais quand il venait, il était le «*trainer*» du public; les applaudissements se changeaient en acclamations.

Si bien qu'Ursus remarqua cet homme et que Gwynplaine le regarda.

Ursus et Gwynplaine voulurent le connaître, ou du moins savoir qui c'était.

Ursus un soir, ayant par hasard maître Nicless l'hôtelier près de lui, lui montra l'homme mêlé à la foule, et lui demanda:

– Comment s'appelle-t-il?

– Tom-Jim-Jack, répondit l'hôtelier.

Puis, tout en redescendant l'escalier marchepied de l'arrière de la Green-Box pour rentrer dans l'inn, maître Nicless laissa tomber cette réflexion, profonde à perte de vue :

– Quel dommage qu'il ne soit pas lord ! ce serait une fameuse canaille.

Les contraires fraternisent dans la haine

Le succès n'est pas aimé, surtout par ceux dont il est la chute. Il est rare que les mangés adorent les mangeurs. L'Homme qui Rit, décidément, faisait événement. Les bateleurs d'alentour étaient indignés. À la hausse des recettes de la Green-Box avait tout de suite correspondu une baisse dans les recettes environnantes. Brusquement, les spectacles, jusqu'alors fêtés, chômèrent.

Les saltimbanques, enthousiasmés et exaspérés, contemplaient Gwynplaine en grinçant des dents. La rage admire, cela s'appelle l'envie. Alors elle hurle. Ils essayèrent de troubler *Chaos vaincu*, firent cabale, sifflèrent, grognèrent, huèrent. Cela fut pour l'ami Tom-Jim-Jack une occasion de donner quelques-uns de ces coups de poing qui rétablissent l'ordre. Les coups de poing de Tom-Jim-Jack achevèrent de le faire remarquer par Gwynplaine et estimer par Ursus.

Les huées ayant avorté, les saltimbanques du Tarrinzeau-field rédigèrent une supplique. Ils s'adressèrent à l'autorité. C'est la marche ordinaire. Contre un succès qui nous gêne, on ameute la foule, puis on implore le magistrat.

Aux bateleurs se joignirent les révérends. L'Homme

qui Rit avait porté coup aux prêches. Le vide ne s'était pas fait seúlement dans les baraques, mais dans les églises. Les chapelles des cinq paroisses de Southwark n'avaient plus d'auditoire. On délaissait le sermon pour aller à Gwynplaine. Les pasteurs des cinq paroisses se plaignirent à l'évêque de Londres, lequel se plaignit à Sa Majesté.

De cette façon, la Green-Box était battue en brèche des deux côtés.

Y avait-il prétexte? Oui. Quel était son crime? Ceci: elle avait un loup. Un loup en Angleterre est un proscrit. Le dogue, soit; le loup, point.

Donc Homo était le prétexte.

L'Homme qui Rit, *Chaos vaincu*, Homo, pouvaient avoir contre eux les bateleurs, les prédicants, les évêques, la Chambre des communes, la Chambre des lords, Sa Majesté, et Londres, et toute l'Angleterre, et rester tranquilles tant que Southwark serait pour eux. La Green-Box était l'amusement préféré du faubourg, et l'autorité locale semblait indifférente. En Angleterre, indifférence, c'est protection. Tant que le shérif du comté de Surrey, à qui ressortit Southwark, ne bougerait pas, Ursus respirait, et Homo pouvait dormir sur ses deux oreilles de loup.

À la condition de ne point aboutir au coup de pouce, ces haines servaient le succès. La Green-Box pour l'instant ne s'en portait pas plus mal. Au contraire. Il transpirait dans le public qu'il y avait des intrigues. L'Homme qui Rit en devenait plus populaire.

Ursus gardait pour lui ce que lui disait maître Nicless des intrigues et des plaintes en haut lieu, et n'en parlait pas à Gwynplaine, pour ne point troubler la sérénité des représentations par des préoccupations. S'il arrivait malheur, on le saurait toujours assez tôt.

Le wapentake

Une fois pourtant il jugea utile de tâcher d'inquiéter Gwynplaine. Il est vrai qu'il s'agissait d'une chose beaucoup plus grave, dans la pensée d'Ursus, que les cabales de foire et d'Église. Gwynplaine, en ramassant un farthing tombé à terre dans un moment où l'on comptait la recette, s'était mis à l'examiner, et, en présence de l'hôtelier, avait tiré du contraste entre le farthing, représentant la misère du peuple, et l'empreinte représentant, sous la figure d'Anne, la magnificence parasite du trône, un propos mal sonnant. Ce propos, répété par maître Nicless, avait fait tant de chemin qu'il était revenu à Ursus par Fibi et Vinos. Ursus en eut la fièvre. Paroles séditieuses. Lèse-majesté. Il admonesta rudement Gwynplaine.

– Veille sur ton abominable gueule. Le pauvre n'a qu'un ami, le silence. Prends garde. Tu es dans un pays où celui qui scie un petit arbre de trois ans est paisiblement mené au gibet. Celui qui est félon à Sa Majesté, on l'éventre vivant et on lui arrache le cœur dont on lui soufflette les deux joues. En fait de témérité, imite les oiseaux, et en fait de bavardage, imite les poissons.

Un jour, peu de temps après sa semonce à Gwynplaine, en regardant par la lucarne du mur qui avait vue sur le dehors, Ursus devint pâle.

– Gwynplaine, vois-tu ce passant ?

– Cet homme en noir ? Qui a une espèce de masse au poing ?

– Oui. Gwynplaine, cet homme est le *wapentake*. C'est un officier terrible.

– Qu'est-ce qu'il a à la main ?

– C'est l'*iron-weapon*.

– Qu'est-ce qu'il fait de ça ?

– D'abord il jure dessus. Ensuite il vous touche avec. Cela veut dire : suivez-moi.

– Et il faut le suivre ?

– Oui.

– Et si l'on résiste ?

– On est pendu.

Ursus remit la tête à la lucarne, respira largement, et dit :

– Dieu merci, le voilà passé ! ce n'est pas chez nous qu'il vient.

Quelles raisons peut avoir un quadruple pour venir s'encanailler parmi les gros sous ?

L'inn Tadcaster était de plus en plus une fournaise de joie et de rire. Pas de plus gai tumulte. Le soir, la salle basse, toutes vitres éclairées, n'avait pas une table vide. Dans la cour, c'est-à-dire dans le théâtre, plus de foule encore.

Tout le public de faubourg que pouvait donner Southwark abondait à tel point aux représentations de *Chaos vaincu* que, sitôt le rideau levé, c'est-à-dire sitôt le panneau de la Green-Box abaissé, il était impossible de trouver une place.

Seulement le compartiment pour la noblesse restait toujours vide.

Cela faisait, à cet endroit, qui était le centre du balcon, un trou noir, ce qu'on appelle en métaphore d'argot un «four». Personne. Foule partout, excepté là.

Un soir, il y eut quelqu'un.

C'était un samedi, jour où les Anglais se dépêchent de s'amuser, ayant à s'ennuyer le dimanche. La salle était comble.

Une femme était assise, seule, au milieu de la loge.

Tous les yeux la regardaient.

Cette femme absorba d'abord l'attention du public, fit concurrence au spectacle, et nuisit un peu aux premiers effets de *Chaos vaincu*.

Elle était grande et forte, et se montrait magnifiquement le plus nue qu'elle pouvait. Elle portait de volumineux pendants d'oreilles en perles. Sa robe de dessus était de mousseline de Siam brodée en or passé. Une large agrafe de diamants fermait sa chemise qu'on voyait à fleur de gorge, mode lascive du temps. Un de ses yeux était bleu, l'autre était noir.

Gwynplaine, comme Ursus, considérait cette femme.

Cette femme avait sur elle des scintillations nocturnes, comme une voie lactée. Ces pierreries semblaient des étoiles. C'était des profondeurs d'un paradis que se penchait sur la chétive Green-Box et sur son misérable public cette face de sérénité inexorable.

Ursus, Gwynplaine, Vinos, Fibi, la foule, tous avaient la secousse de cet éblouissement, excepté Dea, ignorante dans sa nuit.

Derrière cette femme, dans la pénombre, on apercevait son mousse, *el mozo*, un petit homme enfantin, blanc et joli, à l'air sérieux. Un groom très jeune et très grave était la mode de ce temps-là. Ce mousse était vêtu, chaussé et coiffé de velours couleur feu, et avait sur sa calotte galonnée d'or un bouquet de plumes de tisserin, ce qui est le signe d'une haute domesticité, et indique qu'on est le valet d'une très grande dame.

Si puissante que fût la diversion produite par cette personne qui faisait l'effet d'un personnage, le dénouement de *Chaos vaincu* fut plus puissant encore. L'impression fut, comme toujours, irrésistible. La contagion du rire de Gwynplaine fut plus triomphante que jamais.

Seule, la femme inconnue qui regardait ce spectacle dans une immobilité de statue et avec des yeux de fantôme ne rit pas.

La représentation finie, le panneau relevé, l'intimité refaite dans la Green-Box, Ursus ouvrit et vida sur la table du souper le sac de la recette. C'était une cohue de gros sous parmi laquelle ruissela subitement une once d'or d'Espagne.

– Elle ! s’écria Ursus.

Cette once d’or au milieu de ces sous vert-de-grisés, c’était en effet cette femme au milieu de ce peuple.

– Elle a payé sa place un quadruple ! reprit Ursus enthousiasmé.

En ce moment l’hôtelier entra dans la Green-Box, puis fit silencieusement signe à Ursus de regarder dehors. Un carrosse empanaché de laquais à plumes portant des torches, et magnifiquement attelé, s’éloignait au grand trot.

Ursus prit respectueusement le quadruple entre son pouce et son index, le montra à maître Nicless et dit :

– C’est une déesse.

Puis ses yeux tombèrent sur le carrosse prêt à tourner le coin de la place, et sur l’impériale duquel les torches des valets éclairaient une couronne d’or à huit fleurons. Et il s’écria :

– C’est plus. C’est une duchesse.

– Et savez-vous, dit le tavernier, le plus étonnant ?

– Quoi ? demanda Ursus.

– Quelqu’un est monté avec elle.

– Qui ?

– Tom-Jim-Jack.

Symptômes d’empoisonnement

L’« apparition » ne revint pas.

Elle ne revint pas dans la salle, mais elle revint dans l’esprit de Gwynplaine.

Il lui sembla que, pour la première fois de sa vie, il venait de voir une femme.

Il faut prendre garde à la rêverie qui s'impose. Elle est parfois la dilatation d'une idée vénéneuse, et elle a la pénétration d'une fumée. On peut s'empoisonner avec des rêveries comme avec des fleurs.

Gwynplaine songea.

Il n'avait jamais vu la Femme.

Il en avait vu l'ombre dans toutes les femmes du peuple, et il en avait vu l'âme dans Dea.

Il venait d'en voir la réalité.

Il venait de voir plus et moins qu'une femme, une femelle.

Ce mystère, le sexe, venait de lui apparaître.

Destinée ironique, l'âme, cette chose céleste, il l'avait dans sa main, c'était Dea ; le sexe, cette chose terrestre, il l'apercevait au plus profond du ciel, c'était cette femme.

Une duchesse.

Il se rappelait tout ce qu'Ursus lui avait dit de ces hautes existences quasi royales ; les divagations du philosophe, qui lui avaient semblé inutiles, devenaient pour lui des jalons de méditation ; il se représentait ce monde auguste, la seigneurie, dont était cette femme, inexorablement superposé au monde infime, le peuple, dont il était.

Aucune de ces pensées ne lui arrivait à l'état de précision. C'était du brouillard qu'il avait en lui. Cela changeait chaque instant de contour et flottait. Mais c'était un profond obscurcissement.

Il avait un va-et-vient de rêves. L'idole au fond de la loge, majestueuse et galante, s'estompait lumineusement dans la diffusion de ses idées, puis s'effaçait. Il y pensait, n'y pensait pas, s'occupait d'autre chose, y retournait. Il subissait un bercement, rien de plus.

Cela l'empêcha de dormir plusieurs nuits.

Deux instincts, l'un l'idéal, l'autre le sexe, combattaient en lui. Il y a de ces luttes entre l'ange blanc et l'ange noir sur le pont de l'abîme.

Enfin l'ange noir fut précipité.

Un jour, tout à coup, Gwynplaine ne pensa plus à la femme inconnue.

Dea seule demeurait.

L'incident s'oublia.

Abyssus abyssum vocat[1]

Une autre figure disparue, ce fut Tom-Jim-Jack. Brusquement il cessa de venir dans l'inn Tadcaster.

À la même époque la *Gazette de la semaine* annonça le «*départ de lord David Dirry-Moir, sur l'ordre de Sa Majesté d'aller reprendre, dans l'escadre blanche en croisière sur les côtes de Hollande, le commandement de sa frégate*».

En même temps, on n'entendait plus parler de cabales et de plaintes contre l'Homme qui Rit. Les haines semblaient avoir lâché prise. Tout s'était apaisé dans la Green-Box et autour de la Green-Box. Plus de grondement extérieur. On avait le succès sans la

1. L'abîme appelle l'abîme.

menace. La destinée a de ces sérénités subites. La splendide félicité de Gwynplaine et de Dea était, pour l'instant, absolument sans ombre.

Ursus regardait cet amour comme un médecin fait sa clinique. Du reste, il avait ce qu'on appelait en ce temps-là le « regard hippocratique ». Il attachait sur Dea, frêle et pâle, sa prunelle sagace, et il grommelait :

– C'est bien heureux qu'elle soit heureuse !

Il hochait la tête, et parfois lisait attentivement Avicenne, traduit par Vopiscus Fortunatus (Louvain, 1650), un bouquin qu'il avait, à l'endroit des « troubles cardiaques ».

Dea, aisément fatiguée, avait des sueurs et des assoupissements, et faisait sa sieste dans le jour. Une fois qu'elle était ainsi endormie, étendue sur la peau d'ours, et que Gwynplaine n'était pas là, Ursus se pencha doucement et appliqua son oreille contre la poitrine de Dea, du côté du cœur. Il sembla écouter quelques instants, et en se redressant il murmura :

– Il ne lui faudrait pas une secousse. La fêlure grandirait bien vite.

La foule continuait d'affluer aux représentations de *Chaos vaincu*. Le succès de l'Homme qui Rit paraissait inépuisable. Il n'était plus question dans Londres que de l'Homme qui Rit. On en parlait jusque chez le Mohock-Club, hanté des lords.

Un soir, Gwynplaine rôdait, comme il faisait d'ordinaire après le spectacle terminé, dans le pré, à quelque cent pas de la Green-Box.

Tout le champ de foire était désert, et il n'y avait que du sommeil et de l'oubli dans les baraques éparses autour du Tarrinzeau-field. Minuit venait de sonner aux cinq paroisses de Southwark.

Gwynplaine songeait à Dea. À quoi eût-il songé? Mais ce soir-là, il songeait à Dea comme un homme songe à une femme.

Quelque chose en Gwynplaine appelait à grands cris Dea, Dea fille, Dea moitié d'un homme, Dea chair et flamme, Dea gorge nue.

Il fallait à Gwynplaine cette femme.

Il lui fallait une femme.

Il chancelait presque sous le poids de son cœur, du printemps et de la nuit.

Tout à coup il sentit comme le glissement de quelque chose dans l'entrebâillement inerte de ses doigts.

Il se retourna vivement.

Il avait dans la main un papier et devant lui un homme.

C'était cet homme venu jusqu'à lui par-derrière avec la précaution d'un chat, qui lui avait mis ce papier entre les doigts.

Le papier était une lettre.

L'homme, suffisamment éclairé par la pénombre stellaire, était petit, joufflu, jeune, grave, et vêtu d'une livrée couleur feu.

Gwynplaine reconnut le mousse de la duchesse.

Avant que Gwynplaine eût pu jeter un cri de surprise, il entendit la voix grêle, à la fois enfantine et féminine, du mousse qui lui disait:

– Trouvez-vous demain à pareille heure à l'entrée du Pont de Londres. J'y serai. Je vous conduirai.

Gwynplaine abaissa ses yeux sur la lettre qu'il tenait machinalement dans sa main.

Quand il les releva, le mousse n'était plus là.

Il courut plutôt qu'il n'avança vers l'inn, se plaça dans le rayon de la porte entrouverte, et considéra, à cette clarté, la lettre fermée. On ne voyait aucune empreinte sur le cachet, et sur l'enveloppe il y avait : *À Gwynplaine.* Il brisa le cachet, déchira l'enveloppe, déplia la lettre, la mit en plein sous la lumière, et voici ce qu'il lut :

« *Tu es horrible, et je suis belle. Tu es histrion, et je suis duchesse. Je suis la première, et tu es le dernier. Je veux de toi. Je t'aime. Viens.* »

LIVRE QUATRIÈME

LA CAVE PÉNALE

La tentation de saint Gwynplaine

Gwynplaine lut la lettre, puis la relut. Il y avait bien ce mot : Je t'aime !

Les épouvantes se succédèrent dans son esprit.

La première, ce fut de se croire fou.

La seconde épouvante, ce fut de constater qu'il avait toute sa raison.

Une vision ? mais non. Eh bien ! et cette lettre ? Est-ce qu'il n'avait pas une lettre entre les mains ? Est-ce que ne voilà pas une enveloppe, un cachet, du papier, une écriture ? Est-ce qu'il ne sait pas de qui cela vient ? Le papier sent bon. Il n'y a là-dedans aucun délire. Tout est réalité. Gwynplaine est parfaitement lucide. Ce n'est pas une fantasmagorie tout de suite décomposée au-dessus de sa tête, et dissipée en évanouissement ; c'est une chose qui lui arrive. Non, Gwynplaine n'est pas fou. Gwynplaine ne rêve pas. Et il relisait la lettre.

Eh bien, oui. Mais alors ?

Alors c'est formidable.

Il y a une femme qui veut de lui.

Une femme veut de lui ! En ce cas que personne ne prononce plus jamais ce mot : incroyable. Une femme veut de lui ! une femme qui a vu son visage ! une femme qui n'est pas aveugle ! Et qui est cette femme ? Une laide ? non. Une belle. Une bohémienne ? non. Une duchesse.

Gwynplaine était bouleversé.

Le lendemain, minuit, le Pont de Londres, le page ! irait-il ? Oui ! criait la chair. Non ! criait l'âme.

Ce qui est sûr, c'est qu'il se sentait poussé par-derrière vers l'inconnu.

Et il frémissait.

Il pouvait être deux heures du matin.

Il mit la lettre apportée par le page dans sa poche de côté, mais s'apercevant qu'elle était sur son cœur, il l'ôta de là, et la fourra toute froissée dans le premier gousset venu de son haut-de-chausses, puis remonta l'escalier de la Green-Box, se glissa dans l'ancienne cahute qui lui servait de chambre, regarda Ursus qui dormait, souffla sa chandelle, et ne se coucha pas.

Une heure passa ainsi. L'orage d'émotions qui l'assaillait n'avait pas discontinué un instant. Pour la première fois de sa vie, il n'était pas content de lui. Intime douleur mêlée à sa vanité satisfaite. Que faire ? Le jour vint. Il entendit Ursus se lever. Il songeait à cette lettre.

Au plus fort de cette angoisse, il entendit une voix exquise qui disait :

– Est-ce que tu dors, Gwynplaine ?

La porte de la cahute vestiaire était entrouverte, Dea apparaissait dans l'entrebâillement. Elle avait dans les yeux et sur les lèvres son ineffable sourire. Elle se dressait charmante, dans la sérénité inconsciente de son rayonnement. Il y eut une sorte de minute sacrée. Gwynplaine la contempla, tressaillant, ébloui. Il redevint subitement, par la vertu de cet ange, le grand et bon Gwynplaine innocent. Tous deux se taisaient, elle divine, lui apaisé ; et au-dessus du cœur orageux de Gwynplaine, Dea resplendissait avec on ne sait quel inexprimable effet d'étoile de la mer.

Du plaisant au sévère

Comme c'est simple un miracle ! C'était dans la Green-Box l'heure du déjeuner, et Dea venait tout bonnement savoir pourquoi Gwynplaine n'arrivait pas à leur petite table du matin.

– Toi ! cria Gwynplaine, et tout fut dit.

Quelques instants après, tous deux étaient assis l'un devant l'autre, Ursus entre eux, Homo à leurs pieds. La théière, sous laquelle flambait une petite lampe, était sur la table. Fibi et Vinos étaient dehors et vaquaient au service. Gwynplaine versait le thé à Dea.

Dea soufflait gracieusement sur sa tasse. Tout à coup, elle éternua. Il y avait en ce moment-là, au-dessus de la flamme de la lampe, une fumée qui se dissipait, et quelque chose comme du papier qui tombait en cendre. Cette fumée avait fait éternuer Dea.

– Qu'est cela ? demanda-t-elle.

– Rien, répondit Gwynplaine.

Et il se mit à sourire.

Il venait de brûler la lettre de la duchesse.

Il lui sembla qu'avec cette fumée la tentation s'en allait, et qu'en même temps que ce papier, la duchesse tombait en cendre.

Le loup gronda.

Ursus le regarda sous la table.

– Paix donc, Homo !

Mais le loup se dressa et montra les dents du côté de la porte.

Pendant qu'Ursus, apostrophant Homo, baissait le front, Gwynplaine avait levé les yeux.

Il allait boire une tasse de thé, et ne la but pas ; il la posa sur la table avec la lenteur d'un ressort qui se détend, ses doigts restèrent ouverts, et il demeura immobile, l'œil fixe, ne respirant plus.

Un homme était debout derrière Dea, dans l'encadrement de la porte.

Cet homme était vêtu de noir avec une cape de justice. Il avait une perruque jusqu'aux sourcils, et il tenait à la main un bâton de fer sculpté en couronne aux deux bouts.

Ursus eut un tremblement de la tête aux pieds.

Il dit bas à l'oreille de Gwynplaine :

– C'est le wapentake.

Gwynplaine se souvint.

Au-delà de l'homme à la perruque, dans la pénombre, on entrevoyait l'hôtelier consterné.

L'homme, sans dire une parole, abaissa son bras

droit par-dessus Dea rayonnante, et toucha du bâton de fer l'épaule de Gwynplaine, pendant que, du pouce de sa main gauche, il montrait derrière lui la porte de la Green-Box. Ce double geste, d'autant plus impérieux qu'il était silencieux, voulait dire : Suivez-moi.

L'individu sur lequel venait se poser l'iron-weapon n'avait d'autre droit que le droit d'obéir. Nulle réplique à cet ordre muet. Les rudes pénalités anglaises menaçaient le réfractaire.

Sous ce rigide attouchement de la loi, Gwynplaine eut une secousse, puis fut comme pétrifié.

Il se voyait sommé de suivre l'officier de police. Mais pourquoi ? Il ne comprenait pas.

Ni Gwynplaine, ni Ursus ne prononcèrent une parole. Tous deux eurent la même pensée : ne pas inquiéter Dea.

Gwynplaine se leva.

Le wapentake, d'un seul mouvement, et comme une pièce mécanique qui pivote sur elle-même, tourna le dos et se dirigea d'un pas magistral et grave vers l'issue de la Green-Box.

Gwynplaine, avec ce soin de ne pas faire de bruit qu'on a dans la chambre d'un malade, décrocha de la cloison son chapeau et son manteau, s'enveloppa du manteau jusqu'aux yeux, et se rabattit le chapeau sur le front ; il regarda Dea ; le wapentake, arrivé à la porte extérieure de la Green-Box, éleva son bâton et commença à descendre le petit escalier de sortie ; alors Gwynplaine se mit en marche comme si cet homme le tirait avec une chaîne invisible.

Il y avait quelques passants groupés devant la porte de l'auberge, et le justicier-quorum à la tête d'une escouade de police. Le wapentake prit la direction des petites rues qui longeaient la Tamise ; et Gwynplaine s'éloigna lentement de l'inn, marchant muet derrière l'homme taciturne, comme une statue qui suit un spectre.

Ursus espionne la police

Selon les très rigides lois de la police d'alors, la sommation de suivre le wapentake, adressée à un individu, impliquait pour toute autre personne présente le commandement de ne point bouger.

Quelques curieux pourtant s'obstinèrent, et accompagnèrent de loin le cortège qui emmenait Gwynplaine.

Ursus fut du nombre.

Avant de sortir à la suite de Gwynplaine, Ursus eut une précaution. Il prit à part maître Nicless, le boy Govicum, Fibi et Vinos, et leur prescrivit le plus absolu silence vis-à-vis de Dea, ignorante de tout ; que d'ailleurs c'était bientôt l'heure de son sommeil au milieu du jour, et qu'avant que Dea fût éveillée, il serait de retour, lui Ursus, avec Gwynplaine, tout cela n'étant qu'un malentendu. Ces recommandations faites, il partit.

Ursus put, sans être remarqué, suivre Gwynplaine.

Le cortège serpenta de ruelle en ruelle, et fit force zigzags.

Enfin il s'arrêta.

On était dans une ruette exiguë. Cette ruette était composée de deux murs, l'un à gauche, bas; l'autre à droite, haut. La muraille haute était noire et maçonnée à la saxonne, avec des créneaux. On voyait, au pied de ce grand mur, comme le trou au bas de la ratière, un tout petit guichet, très surbaissé.

L'escouade se groupa devant le guichet.

Le judas s'ouvrit. La pesante porte de chêne et de fer tourna sur ses gonds, et une ouverture livide et froide s'offrit, pareille à une bouche d'antre. Une voûte hideuse se prolongeait dans l'ombre.

Ursus vit Gwynplaine disparaître là-dessous.

Gémissement

Aucun greffe préalable. Aucun bureau avec registres. Les prisons de ce temps-là n'étaient point paperassières. Elles se contentaient de se fermer sur vous, souvent sans savoir pourquoi. Être une prison, et avoir des prisonniers, cela leur suffisait.

Le cortège avait dû s'allonger et prendre la forme du corridor. On marchait presque un à un; d'abord le wapentake, ensuite Gwynplaine, ensuite le justicier-quorum; puis les gens de police, avançant en bloc et bouchant le corridor derrière Gwynplaine comme un tampon. On arriva à une porte fermée, elle s'ouvrit, on passa, elle se referma. Puis on rencontra une deuxième porte, qui livra passage, puis une troisième, qui tourna de même sur ses gonds. Ces portes s'ouvraient et se refermaient comme toutes seules. On ne voyait personne. Le mur suintait; il tombait de la voûte des gouttes d'eau; le dallage qui pavait le corridor avait la viscosité d'un intestin. L'espèce de pâleur diffuse qui tenait lieu de clarté devenait de plus en plus opaque; l'air manquait. Ce qu'il y avait de singulièrement lugubre, c'est que cela descendait.

Combien de temps marcha-t-on ainsi? Gwynplaine n'eût pu le dire.

Subitement on fit halte.

Gwynplaine entendit tout près de lui un bruit dont le gong chinois pourrait seul donner une idée; quelque chose comme un coup frappé sur le diaphragme de l'abîme.

C'était le wapentake qui venait de heurter de son bâton une lame de fer.

Cette lame était une porte.

Il y eut un froissement strident dans une rainure, et Gwynplaine eut subitement devant les yeux un morceau de jour carré.

Une ouverture s'était faite.

Il hasarda son regard dans l'ouverture béante devant lui, et ce qu'il aperçut était effroyable.

À ses pieds, une vingtaine de marches, hautes, étroites, frustes, presque à pic, entraient et s'enfonçaient dans une cave très creuse.

La cave était vaste, et, si c'était le fond d'un puits, c'était le fond d'un puits cyclopéen.

Elle avait pour sol la terre mouillée et froide des lieux profonds.

Au milieu de la cave, quatre colonnes basses et difformes soutenaient un porche lourdement ogival dont les quatre nervures en se rejoignant à l'intérieur du porche dessinaient à peu près le dedans d'une mitre.

À la clef de voûte du porche pendait une lanterne de cuivre, ronde et grillée comme une fenêtre de prison.

Précisément au-dessous de la lanterne, à l'endroit où il y avait le plus de lumière, était appliquée à plat sur le sol une silhouette blanche et terrible.

C'était couché sur le dos. On voyait une tête dont les yeux étaient fermés, un corps dont le torse disparaissait sous on ne sait quel monceau informe, quatre membres se rattachant au torse en croix de Saint-André et tirés vers les quatre piliers par quatre chaînes liées aux pieds et aux mains. Cette forme, immobilisée dans l'atroce posture de l'écartèlement, avait la lividité glacée du cadavre. C'était nu ; c'était un homme.

Gwynplaine, pétrifié, debout au haut de l'escalier, regardait.

Tout à coup il entendit un râle.

Ce cadavre était vivant.

Tout près de ce spectre, dans une des ogives du porche, des deux côtés d'un grand fauteuil à bras exhaussé par une large pierre plate, se tenaient droits deux hommes vêtus de longs suaires noirs, et dans le fauteuil un vieillard enveloppé d'une robe rouge était assis, blême, immobile, sinistre, un bouquet de roses à la main.

Ce bouquet de roses eût renseigné un moins ignorant que Gwynplaine. Le droit de juger en tenant une touffe de fleurs caractérisait le magistrat à la fois royal et municipal. Aider les juges à juger, c'était la fonction des premières roses de la saison.

Le vieillard assis dans le fauteuil était le shérif du comté de Surrey.

Le fauteuil était le seul siège qu'il y eût dans la cave.

À côté du fauteuil, on voyait une table couverte de papiers et de livres et sur laquelle était posée la longue baguette blanche du shérif.

Les hommes debout à gauche et à droite du shérif étaient deux docteurs, l'un en médecine, l'autre en lois. Tous deux avaient la robe noire, l'un de juge, l'autre de médecin. Ces deux sortes d'hommes portent le deuil des morts qu'ils font.

Derrière le shérif, se tenait accroupi avec une écritoire près de lui sur la dalle, un dossier de carton sur ses genoux, et une feuille de parchemin sur le dossier, un greffier en perruque ronde, la plume à la main, dans l'attitude d'un homme prêt à écrire.

À l'un des piliers était adossé, croisant les bras, un homme tout vêtu de cuir. C'était un valet de bourreau.

Il y avait sur tout cela un calme monstrueux.

Ce que Gwynplaine voyait là, c'était une cave pénale. Ces caves abondaient en Angleterre.

Gwynplaine, hagard au haut de l'escalier, commençait à trembler de tous ses membres. Il cherchait à se rappeler quel crime il pouvait avoir commis. Au silence du wapentake venait de succéder la vision d'un supplice.

La forme humaine couchée à terre râla une deuxième fois.

Gwynplaine eut l'impression qu'on lui poussait doucement l'épaule.

Cela venait du wapentake.

Gwynplaine comprit qu'il fallait descendre.

Il obéit.

Il s'enfonça de marche en marche dans l'escalier. Derrière Gwynplaine descendait le wapentake, tenant droit l'iron-weapon, et derrière le wapentake descendait le justicier-quorum.

Une voix dans la pénombre dit :

– Approchez.

C'était le shérif qui s'adressait à Gwynplaine.

Gwynplaine avança jusqu'au supplicié qu'il voyait étendu au centre de la cave.

Quand Gwynplaine, parvenu jusque sous le porche, vit de près cette chose misérable qu'il n'avait encore aperçue qu'à distance, et qui était un homme vivant, son effroi devint épouvante.

L'effrayant patient que considérait Gwynplaine semblait un homme de cinquante à soixante ans. Il était chauve. Des poils blancs de barbe lui hérissaient le menton. Il fermait les yeux et ouvrait la bouche. On voyait toutes ses dents. Sa face maigre et osseuse était voisine de la tête de mort. Ses bras et ses jambes, assujettis par les chaînes faisaient un X. Il avait sur la poitrine et le ventre une plaque de fer, et sur cette plaque étaient posées en tas cinq ou six grosses pierres. Son râle était tantôt un souffle, tantôt un rugissement.

Avec la lenteur d'un glas, sans un geste, aussi immobile que le patient, le shérif éleva la voix.

Il dit :

– Homme qui êtes ici lié de chaînes, écoutez pour la dernière fois la voix de justice. Vous avez été extrait de votre cachot et amené dans cette geôle. Vous vous êtes enfermé dans le silence, et vous avez refusé de répondre au juge. Celui qui refuse de répondre au magistrat est suspect de tous les vices. Il est réputé capable de tout le mal. C'est pourquoi, homme, puisque vous n'avez pas voulu vous départir du silence, vous avez été mis à l'épreuve du tourment dit la « peine forte et dure ». Vos quatre membres ont été tendus et liés aux quatre colonnes de la loi, une planche de fer vous a été appliquée au ventre, et l'on vous a mis sur le corps autant de pierres que vous en pouvez porter. En cette situation, et avant de prolonger l'épreuve, il vous a été fait, par moi shérif du comté de Surrey, sommation de parler, et vous avez sataniquement persévéré dans le silence. Si vous continuez à ne pas répondre, vous serez laissé là jusqu'à ce que vous mouriez. Ainsi le veut justice. Si vous renoncez à votre silence exécrable, et si vous avouez, vous ne serez que pendu. Tels sont les avantages de l'aveu. Vous plaît-il de répondre à justice ?

Le patient demeura sans mouvement.

Alors le shérif, élevant le bouquet de roses comme un prêtre son goupillon, interpella le patient d'une voix haute, et devint formidable :

– Ô misérable, parle ! Ne t'obstine point dans la résistance. À moins que tu ne veuilles sentir lentement éclore à tes lèvres l'écume affreuse du sépulcre, oh ! je t'adjure et te conjure, fais ce qui t'est demandé, cède à la justice, obéis, tourne la tête, ouvre les yeux, et dis si tu reconnais cet homme !

Le justicier-quorum ôta à Gwynplaine son chapeau et son manteau, le prit par les épaules et lui fit faire face à la lumière du côté de l'homme enchaîné. Le visage de Gwynplaine se détacha dans toute cette ombre, avec son relief étrange, pleinement éclairé.

En même temps le wapentake se courba, saisit par les tempes entre ses deux mains la tête du patient, tourna cette tête inerte vers Gwynplaine, et de ses deux pouces et de ses deux index écarta les paupières fermées. Les yeux farouches de l'homme apparurent.

Le patient vit Gwynplaine.

Alors, soulevant lui-même sa tête et ouvrant ses paupières toutes grandes, il le regarda.

Il tressaillit autant qu'on peut tressaillir quand on a une montagne sur la poitrine, et il cria :

– C'est lui ! oui ! c'est lui !

Et, terrible, il éclata de rire.

Puis il laissa retomber sa tête sur le sol, et il referma les yeux.

– Greffier, écrivez, dit le shérif.

Gwynplaine, quoique terrifié, avait fait jusqu'à ce

moment-là à peu près bonne contenance. Le cri du patient: *C'est lui!* le bouleversa. Ce: *Greffier, écrivez*, le glaça. Il lui sembla comprendre qu'un scélérat l'entraînait dans sa destinée, sans que lui, Gwynplaine, pût deviner pourquoi, et que l'inintelligible aveu de cet homme se fermait sur lui comme la charnière d'un carcan. Il se mit à balbutier des bégaiements incohérents, avec le trouble profond de l'innocence.

– Ce n'est pas vrai. Ce n'est pas moi. Je ne connais pas cet homme. Il ne peut pas me connaître, puisque je ne le connais pas. J'ai ma représentation de ce soir qui m'attend. Qu'est-ce qu'on me veut? Je demande ma liberté. Ayez compassion d'un homme qui n'a rien fait, et qui est sans protection et sans défense. Vous avez devant vous un pauvre saltimbanque.

– J'ai devant moi, dit le shérif, lord Fermain Clancharlie, baron Clancharlie et Hunkerville, marquis de Corleone en Sicile, pair d'Angleterre.

Et, se levant et montrant son fauteuil à Gwynplaine, le shérif ajouta:

– Milord, que Votre Seigneurie daigne s'asseoir.

LIVRE CINQUIÈME

LA MER ET LE SORT REMUENT SOUS LE MÊME SOUFFLE

Solidité des choses fragiles

Gwynplaine ne comprit pas.

Le wapentake et le justicier-quorum s'approchèrent de Gwynplaine et le prirent sous le bras, et il sentit qu'on l'asseyait dans le fauteuil d'où le shérif s'était levé.

Alors le shérif posa son bouquet de roses sur la dalle, mit des lunettes que lui présenta le greffier, tira de dessous les dossiers qui encombraient la table une feuille de parchemin tachée, jaunie, verdie, rongée et cassée par places, qui semblait avoir été pliée à plis très étroits, et dont un côté était couvert d'écriture, et, debout sous la lumière de la lanterne, rapprochant de ses yeux cette feuille, de sa voix la plus solennelle, il lut ceci :

« *Au nom du Père, du Fils et du Saint-Esprit,*

« *Ce jourd'hui vingt-neuvième de janvier 1690 de Notre-Seigneur,*

« *A été méchamment abandonné, sur la côte déserte de Portland, dans l'intention de l'y laisser périr de faim, de froid et de solitude, un enfant âgé de dix ans.*

« *Cet enfant est lord Fermain Clancharlie, fils légitime unique de lord Linnæus Clancharlie, baron Clancharlie et Hunkerville, marquis de Corleone en Italie, pair du royaume d'Angleterre, défunt, et d'Ann Bradshaw, son épouse, défunte.*

« *Cet enfant est héritier des biens et titres de son père. C'est pourquoi il a été vendu, mutilé, défiguré et disparu par la volonté de Sa Très Gracieuse Majesté. Cet enfant a été élevé et dressé pour être bateleur dans les marchés et foires.*

« *Lord Fermain Clancharlie, âgé de deux ans, a été acheté par moi soussigné qui écris ces lignes, et mutilé et défiguré par un Flamand de Flandre nommé Hardquanonne.*

« *L'enfant était destiné par nous à être un masque de rire.* Masca ridens.

« *Il ignore qu'il est lord Clancharlie.*

« *Il répond au nom de Gwynplaine.*

« *À l'heure où nous écrivons ceci, Hardquanonne a été appréhendé et saisi comme étant de ceux dits les* comprachicos.

« *C'est en Suisse, près du lac de Genève, entre Lausanne et Vevey, dans la maison même où son père et sa mère étaient morts, que l'enfant nous a été, conformément aux commandements du roi, vendu et livré par le dernier domestique du feu lord Linnæus, lequel domestique a trépassé peu après comme ses maîtres, de sorte que cette affaire délicate et secrète n'est plus connue à cette heure de personne ici-bas, si ce n'est de Hardquanonne, et de nous, qui allons mourir.*

« Nous soussignés, avons élevé et gardé huit ans, pour en tirer parti dans notre industrie, le petit seigneur acheté par nous au roi.

« Ce jourd'hui, fuyant l'Angleterre pour ne point partager le mauvais sort de Hardquanonne, nous avons abandonné, à la nuit tombante, sur la côte de Portland, ledit enfant Gwynplaine, qui est lord Fermain Clancharlie.

« Or, nous avons juré le secret au roi, mais pas à Dieu.

« Cette nuit, en mer, assaillis d'une sévère tempête, n'ayant plus rien à attendre des hommes et tout à craindre de Dieu, humbles et pénitents et nous frappant la poitrine, faisons cette déclaration et la confions et remettons à la mer furieuse pour qu'elle en use selon le bien à l'obéissance de Dieu.

Et que la Très Sainte Vierge nous soit en aide. Ainsi soit-il. Et avons signé. »

Le shérif, s'interrompant, dit :

– Voici les signatures. Toutes d'écritures diverses. Cette feuille, ajouta le shérif, est un parchemin de chancellerie qui porte le filigrane du roi Jacques deuxième. En marge de la déclaration, et de la même écriture, il y a cette note : « La présente déclaration est écrite par nous au verso de l'ordre royal qui nous a été remis pour notre décharge d'avoir acheté l'enfant. Qu'on retourne la feuille, on verra l'ordre. »

Le patient ouvrit les yeux, dressa la tête, et d'une voix où il y avait la sonorité étrange de l'agonie, avec on ne sait quel calme mêlé à son râle, prononçant tragiquement sous cet amas de pierres des mots pour chacun desquels il lui fallait soulever l'espèce de couvercle de tombe posé sur lui, il se mit à parler:

– J'ai juré le secret, et je l'ai gardé le plus que j'ai pu. Aujourd'hui le silence est devenu inutile. Soit. C'est pourquoi je parle. Eh bien, oui. C'est lui. Nous l'avons fait à nous deux le roi; le roi par sa volonté, moi par mon art.

Et, regardant Gwynplaine, il ajouta:

– Maintenant ris à jamais.

Et lui-même il se mit à rire.

Ce second rire, plus farouche encore que le premier, aurait pu être pris pour un sanglot.

Le rire cessa, et l'homme se recoucha. Ses paupières se refermèrent.

Le shérif, qui avait laissé la parole au supplicié, poursuivit:

– Hardquanonne, aux termes de la loi, après confrontation suivie d'effet, vous allez être dégagé de ces entraves, et remis au bon plaisir de Sa Majesté pour être pendu. Hardquanonne, remerciez Sa Majesté.

D'un signe, le justicier-quorum mit en mouvement l'homme habillé de cuir.

Cet homme, qui était un valet de bourreau, «groom du gibet», disent les vieilles chartes, alla au patient, lui ôta l'une après l'autre les pierres qu'il avait sur le ventre, enleva la plaque de fer qui laissa voir les côtes déformées du misérable, puis lui défit des poignets et des chevilles les quatre carcans qui le liaient aux piliers.

Le patient, déchargé des pierres et délivré des chaînes, resta à plat sur la terre, les yeux fermés, les bras et les jambes écartés, comme un crucifié décloué.

Le groom du gibet lui prit une main et la lâcha ; la main retomba. L'autre main, soulevée, retomba de même.

Le médecin s'approcha, tira d'une poche de sa robe un petit miroir d'acier et le mit devant la bouche béante de Hardquanonne ; puis du doigt il lui ouvrit les paupières. Elles ne s'abaissèrent point. Les prunelles vitreuses demeurèrent fixes.

Le médecin se redressa et dit :

– Il est mort.

Et il ajouta :

– Il a ri, cela l'a tué.

– Peu importe, dit le shérif. Après l'aveu, vivre ou mourir n'est plus qu'une formalité.

Puis, désignant Hardquanonne d'un geste de son bouquet de roses, le shérif jeta cet ordre au wapentake :

– Carcasse à emporter d'ici cette nuit. Le cimetière de la prison est en face.

Le shérif, ayant dans sa main gauche le bouquet, prit dans l'autre main sa baguette blanche, se plaça droit devant Gwynplaine toujours assis, lui fit une révérence profonde, puis, autre attitude de solennité, renversa sa tête en arrière, et, regardant Gwynplaine en face, lui dit :

– À vous qui êtes ici présent, nous, shérif du comté de Surrey, en vertu des droits et devoirs de notre charge, nous vous signifions et déclarons, afin qu'il en advienne ce que de droit, que vous êtes Fermain Clancharlie, pair d'Angleterre, et que Dieu garde Votre Seigneurie.

Et il salua.

– Ah çà, cria Gwynplaine, réveillez-moi !

Et il se dressa debout, tout pâle.

– Je viens vous réveiller en effet, dit une voix qu'on n'avait pas encore entendue.

Un homme sortit de derrière un des piliers. Cet homme était gros et replet, en perruque de cour et en manteau de voyage, plutôt vieux que jeune, et très correct.

Il salua Gwynplaine avec l'élégance d'un gentleman domestique, et sans gaucherie de magistrat.

– Oui, dit-il, je viens vous réveiller. Depuis vingt-cinq ans, vous dormez. Vous faites un songe, et il faut en sortir. Vous vous croyez Gwynplaine, vous êtes Clancharlie. Vous vous croyez du peuple, vous êtes de la seigneurie. Vous vous croyez au dernier rang, vous êtes au premier. Vous vous croyez histrion, vous êtes sénateur. Vous vous croyez pauvre, vous êtes opulent. Vous vous croyez petit, vous êtes grand. Réveillez-vous, milord !

Gwynplaine, d'une voix très basse, et où il y avait une certaine terreur, murmura :

– Qu'est-ce que tout cela veut dire ?

– Cela veut dire, milord, répondit le gros homme, que je m'appelle Barkilphedro, que je suis officier de l'Amirauté, que cette épave, la gourde de Hardquanonne, a été trouvée au bord de la mer, qu'elle m'a été apportée pour être décachetée par moi, que je l'ai ouverte, que j'ai fait mon rapport à Sa Majesté ; cela veut dire que vous avez un million de rentes ; cela veut dire que vous êtes lord du Royaume-Uni de la Grande-Bretagne, égal aux princes, semblable aux empereurs, que vous avez sur la tête la couronne de pair, et que vous allez épouser une duchesse, fille d'un roi.

Sous cette transfiguration croulant sur lui à coups de tonnerre, Gwynplaine s'évanouit.

Ce qui erre ne se trompe pas

Toute cette aventure était venue d'un soldat qui avait trouvé une bouteille au bord de la mer.

Le soldat avait porté l'épave au colonel du château, et le colonel l'avait transmise à l'amiral d'Angleterre. Barkilphedro avait ouvert et débouché la gourde, et l'avait portée à la reine. La reine Anne, suffisamment informée de la difformité de Gwynplaine, ne voulant point faire tort à sa sœur, à laquelle avaient été substitués les biens des Clancharlie, décida avec bonheur que la duchesse Josiane serait épousée par le nouveau lord, c'est-à-dire par Gwynplaine.

La réintégration de lord Fermain Clancharlie était du reste un cas très simple, l'héritier étant légitime et direct.

Barkilphedro mena tout.

L'affaire, grâce à lui, resta tellement souterraine, le

secret fut si hermétiquement gardé, que ni Josiane, ni lord David n'eurent vent du prodigieux fait qui se creusait sous eux. Josiane, très altière, avait un escarpement qui la rendait aisée à bloquer. Elle s'isolait d'elle-même. Quant à lord David, on l'envoya en mer, sur les côtes de Flandre. Il allait perdre la lordship et ne s'en doutait pas. Notons ici un détail. Il advint qu'à dix lieues du mouillage de la station navale commandée par lord David, un capitaine nommé Halyburton força la flotte française. Le comte de Pembroke, président du conseil, porta sur une proposition de promotion de contre-amiraux ce capitaine Halyburton. Anne raya Halyburton et mit lord David Dirry-Moir à sa place, afin que lord David eût au moins, lorsqu'il apprendrait qu'il n'était plus pair, la consolation d'être contre-amiral.

Anne se sentit contente. Un mari horrible à sa sœur, un beau grade à lord David. Malice et bonté.

C'est bien doux de faire une action juste, qui est désagréable à quelqu'un qu'on n'aime pas.

Du reste, savoir que le futur mari de sa sœur était difforme avait suffi à la reine. De quelle façon ce Gwynplaine était-il difforme, quel genre de laideur était-ce ? Barkilphedro n'avait pas tenu à en informer la reine, et Anne n'avait pas daigné s'en enquérir. Profond dédain royal. Qu'importait d'ailleurs ? La Chambre des lords ne pouvait qu'être reconnaissante. Restaurer un pair, c'est restaurer toute la pairie. Quel que fût le visage du nouveau lord, un visage n'est pas une objection contre un droit.

Quant à Barkilphedro, il fut joyeux, ce qui ajouta à son visage une expression lugubre.

Relever Gwynplaine, c'était livrer Josiane. Barkilphedro réussissait; et c'était pour cela que pendant tant d'années les vagues, les lames, les rafales, avaient ballotté, secoué, poussé, jeté, tourmenté et respecté cette bulle de verre où il y avait tant d'existences mêlées!

Barkilphedro eut un éclair d'orgueil titanique. Il se dit que tout cela avait été exécuté à son intention. Il se sentit centre et but.

Le proscrit consolé dans sa tombe, l'héritier rendu à l'héritage, le crime du roi cassé, la préméditation divine obéie, le petit, le faible, l'abandonné, ayant l'infini pour tuteur; voilà ce que Barkilphedro eût pu voir dans l'événement dont il triomphait; voilà ce qu'il ne vit pas. Il ne se dit point que tout avait été fait pour Gwynplaine; il se dit que tout avait été fait pour Barkilphedro; et qu'il en valait la peine. Tels sont les satans.

Quelque apparence flegmatique que voulût garder Barkilphedro, sa stupéfaction avait égalé sa joie.

C'en était fait de tout cet échafaudage qui était l'existence de Josiane. Il y avait un lord Clancharlie. David Dirry-Moir était vidé. La pairie, la richesse, la puissance, le rang, tout cela sortait de lord David et entrait dans Gwynplaine. Tout, châteaux, chasses, forêts, hôtels, palais, domaines, y compris Josiane, était à Gwynplaine. Et Josiane, quelle solution! Qui maintenant avait-elle devant elle? Illustre et hautaine, un histrion ; belle et précieuse, un monstre. Eût-on jamais espéré cela ? La vérité est que Barkilphedro était dans l'enthousiasme.

Le même jour, un carrosse de poste de la reine vint brusquement, de la part de Sa Majesté, chercher lady Josiane à Londres pour la conduire à Windsor où Anne en ce moment passait la saison. Josiane dut se mettre immédiatement en route, et abandonner sa résidence de Londres, Hunkerville-house, pour sa résidence de Windsor, Corleone-lodge.

La duchesse Josiane avait quitté Londres au moment même où le wapentake se présentait à l'inn Tadcaster pour enlever Gwynplaine et le mener à la cave pénale de Southwark.

Quand elle arriva à Windsor, l'huissier de la verge noire, qui garde la porte de la chambre de présence, l'informa que Sa Majesté ne pourrait la recevoir que le lendemain, et que Sa Majesté lui enverrait directement ses ordres le lendemain matin à son réveil.

Aucun homme ne passerait brusquement de la Sibérie au Sénégal sans perdre connaissance (Humboldt)

Quand Gwynplaine revint à lui et rouvrit les yeux, il était nuit. Près de lui se tenait debout, tête nue, l'homme au gros ventre et au manteau de voyage qui était sorti de derrière un pilier dans la cave de Southwark.

Dans la chambre où était Gwynplaine, au fond, en face de la fenêtre, on voyait d'un côté une cheminée aussi haute que la muraille, et de l'autre, sous un dais, un de ces spacieux lits féodaux où l'on monte avec une échelle et où l'on peut se coucher en travers.

Un homme sauvage dans lequel est amalgamé un homme libre est à peu près aussi inquiet dans un palais que dans une prison. Toute magnificence dégage de l'effroi. Quel pouvait être l'habitant de cette demeure auguste ? À quel colosse toute cette grandeur appartenait-elle ? De quel lion ce palais était-il l'antre ? Gwynplaine, encore mal éveillé, avait le cœur serré.

– Où est-ce que je suis ? dit-il.

L'homme qui était debout devant lui, répondit :

– Vous êtes dans votre maison, milord.

Fascination

L'extraordinaire, c'est une obscurité. Cette obscurité était sur Gwynplaine. Ce qui lui arrivait lui semblait inintelligible.

L'homme au gros ventre répéta :

– Vous êtes dans votre maison, milord.

Gwynplaine se tâta. Dans les surprises, on regarde, pour s'assurer que les choses existent, puis on se tâte, pour s'assurer qu'on existe soi-même. C'était bien à lui qu'on parlait ; mais lui-même était autre. Il avait un gilet de drap d'argent, et un habit de satin qu'en le touchant il sentait brodé ; il sentait une grosse bourse pleine dans la poche du gilet. De même qu'on l'avait transporté dans ce palais, on lui avait changé ses vêtements.

L'homme reprit :

– Que Votre Seigneurie daigne se souvenir de ceci : c'est moi qui me nomme Barkilphedro. Je suis clerc de l'Amirauté. C'est moi qui ai ouvert la gourde de Hardquanonne et qui en ai fait sortir votre destinée. Ainsi, dans les contes arabes, un pêcheur fait sortir d'une bouteille un géant. Outre ce palais, milord, vous avez Hunkerville-house, qui est plus grand. Vous avez Clancharlie-castle, où est assise votre pairie. Vous avez dix-neuf baillis à vous, avec leurs villages et leurs paysans. Ce qui met sous votre bannière de lord et de nobleman environ quatre-vingt mille vassaux et fiscalins. À Clancharlie, vous êtes juge et vous tenez votre cour de baron. Le roi n'a de plus que vous que le droit de frapper monnaie. À cela près, vous êtes roi dans votre seigneurie comme lui dans son royaume. Tout cela vous fait un revenu de quarante mille livres sterling.

Barkilphedro toucha de l'index la cassette qui était sur la table :

– Milord, cette cassette contient deux mille guinées que Sa Gracieuse Majesté la reine vous envoie pour vos premiers besoins.

Gwynplaine fit un mouvement.

– Ce sera pour mon père Ursus, dit-il.

– Soit, milord, fit Barkilphedro. Ursus, à l'inn Tadcaster. Le sergent de la coiffe, qui nous a accompagnés jusqu'ici et qui va repartir tout à l'heure, les lui portera. Peut-être irai-je à Londres. En ce cas, ce serait moi. Je m'en charge.

– Je les lui porterai moi-même, repartit Gwynplaine.

Barkilphedro cessa de sourire, et dit:

– Impossible. Milord, vous êtes ici à vingt-trois milles de Londres, à Corleone-lodge, dans votre résidence de cour, contiguë au château royal de Windsor. Vous y avez été transporté dans une voiture fermée qui vous attendait à la porte de la geôle de Southwark. Demain, vous serez admis à la Chambre des lords. Pourtant rien n'est fait encore. On n'est pas pair d'Angleterre malgré soi. Tout peut s'annuler et disparaître, à moins que vous ne compreniez. Un événement qui se dissipe avant d'éclore, cela se voit dans la politique. Milord, le silence à cette heure est encore sur vous. Le secret de toute votre affaire a été gardé, par raison d'État, laquelle est d'une conséquence tellement considérable que les personnes graves, seules informées en ce moment de votre existence et de vos droits, les oublieront immédiatement, si la raison d'État leur commande de les oublier. Ce qui est dans la nuit peut rester dans la nuit. Il est aisé de vous effacer. Cela est d'autant plus facile que vous avez un frère, fils naturel de votre père; c'est à ce frère, tout bâtard qu'il est, que reviendrait votre pairie. Voulez-vous cela? Je ne le suppose pas. Eh bien, tout dépend de vous. Il faut obéir à la reine. Vous ne quitterez cette résidence que demain, dans une voiture de Sa Majesté, et pour aller à la Chambre des lords. Milord, la reine a des vues sur vous. Elle vous destine à une alliance quasi royale. Lord Fermain Clancharlie, ceci est l'instant décisif. Le destin n'ouvre point une porte sans en fermer une autre. Milord, Gwynplaine est mort. Comprenez-vous ?

Gwynplaine eut un tremblement de la tête aux pieds, puis il se remit.

– Oui, dit-il.

Barkilphedro sourit, salua, prit la cassette sous son manteau, et sortit.

On croit se souvenir, on oublie

Gwynplaine, resté seul, se mit à marcher à grands pas.

À travers cette agitation, il méditait. Il faisait l'appel de ses souvenirs.

Brusquement il s'arrêta, les mains derrière le dos, regardant le plafond, le ciel, n'importe, ce qui est en haut.

– Revanche ! dit-il.

Il fut comme celui qui met la tête hors de l'eau. Il lui sembla qu'il voyait tout, le passé, l'avenir, le présent, dans le saisissement d'une clarté subite.

« Ah ! cria-t-il – car il y a des cris au fond de la pensée –, ah ! c'était donc cela ! j'étais lord. Tout se découvre. Ah ! l'on m'a volé, trahi, perdu, déshérité, abandonné, assassiné ! Je renais. Je nais ! Je suis gentilhomme, et j'ai une épée ; je suis pair, et j'ai une couronne. Ah ! l'on m'avait pris tout cela ! Oh ! ces bandits qui ont torturé mon enfance, oui, je les revois. J'ai été le morceau de chair becqueté sur une tombe par une troupe de corbeaux. Et c'est de là que je sors ! c'est de là que je remonte ! c'est de là que je ressuscite ! Et me voilà. Revanche ! »

Gwynplaine buvait à pleine gorgée l'orgueil, ce qui lui faisait l'âme obscure. Tel est ce vin tragique.

Cet étourdissement l'envahissait ; il faisait plus qu'y consentir, il le savourait.

Être lord. Maintenant, à de certains moments, il trouvait cela tout simple.

Peu d'heures s'étaient écoulées, comme le passé d'hier était déjà loin !

Ainsi, celui qui, enfant de dix ans, seul sur la falaise de Portland, n'avait pas tremblé ni défailli devant l'énormité hostile de l'inconnu ; celui qui avait su avoir froid, avoir soif, avoir faim, vaillamment ; ce Gwynplaine qui avait vaincu l'immense vent de l'abîme sous sa double forme, tempête et misère, chancelait sous ce souffle, une vanité !

Il se perdait dans des échafaudages fantastiques. Il se représentait une entrée splendide à la Chambre des lords. Il arrivait gonflé de choses nouvelles. Que n'avait-il pas à dire ? Quelle provision il avait faite ! Quel avantage d'être, au milieu d'eux, l'homme qui a vu, touché, subi, souffert, et de pouvoir leur crier : J'ai été près de tout ce dont vous êtes loin ! À ces patriciens repus d'illusions, il leur jettera la réalité à la face, et ils trembleront, car il sera vrai, et ils applaudiront, car il sera grand. Il surgira parmi ces tout-puissants, plus puissant qu'eux ; il leur apparaîtra comme le porte-flambeau, car il leur montrera la vérité, et comme le porte-glaive, car il leur montrera la justice. Quel triomphe!

Il était en pleine tempête intérieure.

Les heures passèrent.

L'aube parut et fit le jour. Un rayon blanc pénétra dans la chambre et en même temps entra dans l'esprit de Gwynplaine.

– Et Dea! lui dit la clarté.

LIVRE SIXIÈME

ASPECTS VARIÉS D'URSUS

Ce que dit le misanthrope

Après qu'Ursus eut vu Gwynplaine s'enfoncer sous la porte de la geôle de Southwark, il demeura, hagard, dans le recoin où il s'était mis en observation.

Enfin il sortit de l'encoignure qui l'abritait, et il s'en alla à pas lents. Le jour baissait, tant sa faction avait été longue. Il marchait courbé le long des haies et des fossés. Tout à coup il fit halte, et se redressa, et il cria :

– Tant mieux !

En même temps il se donna deux coups de poing sur la tête, puis deux coups de poing sur les cuisses, ce qui indique l'homme qui juge les choses comme il faut les juger. Et il se mit à grommeler :

– C'est bien fait ! Ah ! le gueux ! le chenapan ! le vaurien ! le séditieux ! Ce sont ses propos sur le gouvernement qui l'ont mené là. C'est un rebelle. J'avais chez moi un rebelle. J'en suis délivré. J'ai de la chance. Il nous compromettait. Ah ! il est aux galères ! c'est juste. C'est équitable, excellent, mérité et légitime.

C'est sa faute. Bavarder est défendu. Quelle extravagance j'avais faite de ramasser ce petit et cette petite ! Nous étions si tranquilles auparavant, Homo et moi ! Parti, le Gwynplaine ! Et me voilà débarrassé des deux. Car Dea en mourra. Bon voyage. Au diable tous les deux. Je les ai toujours détestés, ces êtres ! Crève, Dea. Ah ! que je suis content !

Ce qu'il fait

Il rejoignit l'inn Tadcaster.

Six heures et demie sonnaient. C'était un peu avant le crépuscule.

Maître Nicless était sur le pas de sa porte. Sa face consternée n'avait point réussi depuis le matin à se détendre, et l'effarement y était resté figé. Du plus loin qu'il aperçut Ursus :

– Eh bien ? cria-t-il.

– Eh bien quoi ?

– Gwynplaine va-t-il revenir ? Aurons-nous ce soir la représentation de l'Homme qui Rit ?

– L'Homme qui Rit, c'est moi, dit Ursus.

Et il regarda le tavernier avec un ricanement éclatant.

Maître Nicless comprit, et donna ordre à son lieutenant, le boy Govicum, d'annoncer à quiconque se présenterait qu'il n'y aurait pas de représentation le soir.

Un moment après, Ursus montait dans la Green-Box.

Dea dormait. Elle était sur son lit, tout habillée et son corps de jupe défait, comme dans les siestes.

Près d'elle, Vinos et Fibi, assises, l'une sur un escabeau, l'autre à terre, songeaient.

Ursus considéra Dea.

– Quel coup ça va lui donner ! Ce sera comme une chandelle qu'on souffle.

Il alluma la lanterne du plafond de la Green-Box.

Dea appela.

– Fibi ! Vinos ! Il doit être l'heure de la représentation. Je crois avoir dormi longtemps. Venez m'habiller.

Ni Fibi, ni Vinos ne bougèrent.

Cependant cet ineffable regard d'aveugle qu'avait Dea venait de rencontrer la prunelle d'Ursus. Il tressaillit.

– Eh bien ! cria-t-il, qu'est-ce que vous faites donc ? Vinos, Fibi, vous n'entendez pas votre maîtresse ? Vite ! la représentation va commencer.

Les deux femmes regardèrent Ursus, stupéfaites. Elles pensèrent simplement qu'il devenait fou, et exécutèrent l'ordre. Fibi décrocha le costume et Vinos le tambour.

Fibi commença à habiller Dea. Ursus baissa la portière du gynécée et, de derrière le rideau, continua :

– Regarde donc, Gwynplaine ! la cour est déjà plus qu'à moitié remplie de multitude. Quelle foule !

Il fit une pause, et tout à coup on entendit cette exclamation :

– Que Dea est belle !

C'était la voix de Gwynplaine. Fibi et Vinos eurent une secousse et se retournèrent. C'était la voix de Gwynplaine, mais dans la bouche d'Ursus.

Ursus, d'un signe, par l'entrebâillement de la portière, leur fit défense de s'étonner.

Et, haussant la voix :

– Il y a trop de foule. Je crois que nous allons avoir une représentation cahotée. Dea est habillée. On va pouvoir commencer. Que de monde, mon pauvre Gwynplaine !

Il s'interrompit :

– Gwynplaine, aide-moi. Baissons le panneau.

Alors Ursus devint extraordinaire. Ce ne fut plus un homme, ce fut une foule. Forcé de faire la plénitude avec le vide, il appela à son secours une ventriloquie prodigieuse. Tout l'orchestre de voix humaines et bestiales qu'il avait en lui entra en branle à la fois. Il se fit légion. Quelqu'un qui eût fermé les yeux eût cru être dans une place publique un jour de fête ou un jour d'émeute. Le tourbillon de bégaiements et de clameurs qui sortait d'Ursus chantait, clabaudait, causait, toussait, crachait, éternuait, prenait du tabac, dialoguait, faisait les demandes et les réponses, tout cela à la fois. De temps en temps il écartait la portière du gynécée et regardait Dea. Dea écoutait.

Ursus continua :

– Je vénère mon auditoire. Salut, population grouillante. Que vous soyez tous de la canaille, je n'en fais nul doute. Cela n'ôte rien à mon estime. Je révère en vous des gueux.

Il quitta l'accent oratoire pour le ton intime.

– Refermons la triveline. Respirons. Jouons la pièce.

On entendit glisser sur leur tringle les anneaux de la triveline. Le tambourinage des bréhaignes cessa. Ursus avait ôté du clou une perruque très bourrue qu'il avait, et il l'avait jetée sur le plancher dans un coin à sa portée.

La représentation de *Chaos vaincu* eut lieu presque comme à l'ordinaire, moins les effets de lumière bleue et les féeries d'éclairage. Au moment voulu, Dea fit son apparition et de sa voix tremblante et divine évoqua Gwynplaine. Elle étendit le bras, cherchant cette tête…

Ursus se rua sur la perruque, l'ébouriffa, s'en coiffa, et avança doucement, en retenant son souffle, sa tête ainsi hérissée sous la main de Dea.

Puis, appelant à lui tout son art et copiant la voix de Gwynplaine, il chanta avec un ineffable amour la réponse du monstre à l'appel de l'esprit.

L'imitation fut si parfaite que, cette fois encore, les deux bréhaignes cherchèrent des yeux Gwynplaine, effrayées de l'entendre sans le voir.

Fibi et Vinos, automates dont Ursus poussait les ressorts, firent le tohu-bohu habituel d'instruments, cuivre et peau d'âne mêlés, qui marquait la fin de la représentation et accompagnait le départ du public.

Ursus se releva en sueur.

Il dit tout bas à Homo :

– Tu comprends qu'il s'agissait de gagner du temps. Je crois que nous avons réussi. Je ne m'en suis point mal tiré, moi qui avais pourtant le droit d'être assez éperdu. Gwynplaine peut encore revenir d'ici à demain. Il était inutile de tuer tout de suite Dea. Je t'explique la chose, à toi.

Il ôta la perruque et s'essuya le front.

– Ursus, dit Dea, où est Gwynplaine ?

Ursus se retourna, en sursaut.

Dea était restée au fond du théâtre, debout sous la lanterne du plafond. Elle était pâle, d'une pâleur d'ombre.

Elle reprit avec un ineffable sourire désespéré :

– Je sais. Il nous a quittés. Il est parti. Je savais bien qu'il avait des ailes.

Et, levant vers l'infini ses yeux blancs, elle ajouta :

– À quand moi ?

Complications

Ursus demeura interdit.

Il n'avait pas fait illusion.

Était-ce la faute de sa ventriloquie ? Non certes. Il avait réussi à tromper Fibi et Vinos, qui avaient des yeux, et non à tromper Dea, qui était aveugle. C'est que les prunelles seules de Fibi et de Vinos étaient lucides, tandis que, chez Dea, c'était le cœur qui voyait.

Il regarda Dea. Elle se taisait, de plus en plus pâlissante, sans faire un mouvement. Son œil perdu restait fixé dans les profondeurs.

Un incident vint à propos.

Ursus aperçut dans la cour maître Nicless, sa chandelle en main, qui lui faisait signe.

Sur l'appel muet de maître Nicless, Ursus descendit.

Le tavernier, silencieusement, ouvrit la porte de la salle basse de l'inn. Maître Nicless entra, Ursus entra.

Le dialogue s'engagea.

– Maître Ursus... J'ai à vous parler. On a frappé à la porte de la taverne.

– Qui est-ce qui frappait ?

– Quelqu'un qui ne m'a rien dit.

– Expliquez-vous, maître Nicless.

– L'homme qui a frappé, et qui était un homme de police, a apporté ceci.

Ursus reconnut le chapeau et le manteau de Gwynplaine.

Mœnibus surdis campana muta[1]

Ursus se précipita hors de la taverne.

Un quart d'heure après, Ursus essoufflé arrivait dans la petite rue où était l'arrière-guichet de la geôle de Southwark et où il avait passé déjà tant d'heures d'observation.

Au moment où il s'engagea dans la ruelle, il entendit un coup de cloche, puis un second.

« Tiens, pensa-t-il, serait-ce déjà minuit ? »

Machinalement, il se mit à compter :

1. À murs sourds, cloche muette.

– Trois, quatre, cinq…

La cloche sonna un treizième coup.

Ursus tressaillit. Il y eut un quatorzième coup. Puis un quinzième.

Ursus écoutait. « Ce n'est pas une cloche d'horloge. C'est la cloche Muta. »

Toute prison autrefois, comme tout monastère, avait sa cloche dite *muta*, réservée aux occasions mélancoliques. La *muta*, la « muette », était une cloche tintant très bas, qui avait l'air de faire son possible pour n'être pas entendue.

Les tintements se suivaient, à une lugubre distance l'un de l'autre.

Ursus, confusément, comptait, bien que cela n'eût aucun but, les tintements du glas.

Il regardait l'obscurité à l'endroit où il savait qu'était la porte de la prison.

Tout à coup, à cet endroit même qui faisait une sorte de trou noir, il y eut une rougeur. Cette rougeur grandit et devint une clarté.

La porte du guichet donna passage à un homme qui avait une torche à la main.

Après cet homme, la porte donna issue à deux autres hommes, puis à un quatrième. Ce quatrième était le wapentake, visible à la lumière de la torche. Il avait au poing son bâton de fer.

À la suite du wapentake, défilèrent, débouchant de dessous le guichet, en ordre, deux par deux, avec la rigidité d'une série de poteaux qui marcheraient, des hommes silencieux.

Ce cortège nocturne franchissait la porte basse, comme une procession de pénitents, avec un soin lugubre de ne faire aucun bruit.

Ursus reconnut tous les visages de police qui, le matin, avaient emmené Gwynplaine.

Une deuxième torche brilla sous le guichet.

Ceci annonçait la fin du cortège.

Ursus allait voir ce qu'ils emmenaient. Le prisonnier. L'homme.

Ursus allait voir Gwynplaine.

Ce qu'ils emmenaient apparut.

C'était une bière.

Quatre hommes portaient une bière couverte d'un drap noir.

Derrière eux venait un homme ayant une pelle sur l'épaule.

Une troisième torche allumée, tenue par un personnage lisant dans un livre, qui devait être un chapelain, fermait le cortège.

Ursus entendit le grincement d'une clef.

Vis-à-vis la prison, dans le mur bas qui longeait l'autre côté de la rue, une deuxième ouverture de porte s'éclaira par une torche qui passa dessous.

Cette porte, sur laquelle on distinguait une tête de mort, était la porte du cimetière.

Le wapentake s'engagea dans cette ouverture, puis les hommes, puis la deuxième torche après la première ; le cortège y décrut comme le reptile rentrant.

Des rapprochements qui coïncident logiquement finissent par construire quelque chose qui ressemble à l'évidence. À Gwynplaine arrêté, au mode silencieux de son arrestation, à ses vêtements rapportés par l'homme de police, à ce glas de la prison où il avait été conduit, venait s'ajouter, disons mieux, s'ajuster cette chose tragique, un cercueil porté en terre.

– Il est mort ! cria Ursus.

Il tomba assis sur une borne.

– Mort ! Ils l'ont tué ! Gwynplaine ! mon enfant ! mon fils !

Et il éclata en sanglots.

La raison d'État travaille en petit comme en grand

Le mort qu'on venait de mettre en terre, c'était Hardquanonne ; mais Ursus n'était pas forcé de le savoir.

Plusieurs heures s'écoulèrent.

Le jour commença à poindre. L'aube vint blanchir la façade de l'inn Tadcaster. Maître Nicless ne s'était pas couché.

Maître Nicless se sentait atteint. C'est fort désagréable, des aventures chez vous. Maître Nicless, peu rassuré et entrevoyant des complications, méditait. Il regrettait d'avoir reçu chez lui « ces gens-là ». Comment les mettre dehors maintenant ? Il avait bail avec Ursus. Comment s'y prendre pour les chasser ?

Brusquement il y eut à la porte de l'inn un de ces frappements tumultueux qui annoncent « quelqu'un ».

Le tavernier, fort tremblant, entrebâilla son vasistas.

Il y avait à sa porte, dans le petit jour, un groupe

de police, en tête duquel se détachaient deux hommes, dont l'un était le justicier-quorum.

Maître Nicless ne connaissait pas l'autre homme.

Maître Nicless avait grand-peur du premier de ces personnages, le justicier-quorum. Si maître Nicless eût été de la cour, il eût eu plus peur encore du second, car c'était Barkilphedro.

Le tavernier, avec une grosse sueur d'anxiété au front, ouvrit.

Le justicier-quorum, du ton d'un homme qui a charge de police et qui est très au fait du personnel des vagabonds, éleva la voix et demanda sévèrement :

– Maître Ursus ?

– Votre Honneur, dit doucement maître Nicless, le voilà.

Ursus, en effet, venait de paraître à un détour de mur. Il arrivait à l'inn. Il était pâle de deux pâleurs, de sa tristesse et du crépuscule.

– Maître Ursus, cria le tavernier, venez. Leurs Honneurs désirent vous parler.

Le justicier-quorum lui fit signe d'entrer dans la taverne.

Ursus obéit.

Le justicier-quorum s'assit sur un banc, devant une table ; Barkilphedro prit une chaise. Les gens de police, laissés dehors, se massèrent devant la porte refermée.

Le justicier-quorum fixa sa prunelle légale sur Ursus, et dit :

– Vous avez un loup.

Ursus hasarda cette plaidoirie :

– C'est mon domestique.

Le justicier posa sa main à plat sur la table les cinq doigts écartés, ce qui est un très beau geste d'autorité.

– Baladin, demain, à pareille heure, vous et votre loup, vous aurez quitté l'Angleterre. Sinon, le loup sera saisi, mené au greffe, et tué. Et vous en prison. Soyez partis avant demain matin.

Maître Nicless était heureux. Cet Ursus qu'il voulait congédier, la police le chassait. Il intervint :

– Votre Honneur, cette nuit, plusieurs navires partiront, vers une heure du matin, qui est l'heure de la marée. Entre autres, la panse *Vograat* de Rotterdam.

Le justicier-quorum fit un mouvement d'épaule du côté d'Ursus :

– Soit. Partez par le premier bateau venu. Par la *Vograat.*

Ursus s'inclina devant le justicier.

– Honorable juge, je partirai. Par la *Vograat.* Pour Rotterdam. Mais il y a quelqu'un qui est avec moi, un camarade, et que je ne puis laisser derrière moi. Gwynplaine…

– Gwynplaine est mort, dit une voix.

C'était Barkilphedro qui venait de parler.

Ursus accablé baissait la tête.

Il sentit qu'on lui touchait le coude.

La voix qui avait dit : *Gwynplaine est mort*, lui chuchota à l'oreille :

– Voici dix livres sterling que vous envoie quelqu'un qui vous veut du bien.

Et Barkilphedro posa une petite bourse sur une table devant Ursus. On se rappelle la cassette que Barkilphedro avait emportée.

Dix guinées sur deux mille, c'était tout ce que pouvait faire Barkilphedro. S'il eût donné davantage, il y eût perdu. Il avait pris la peine de faire la trouvaille d'un lord, il en commençait l'exploitation, il était juste que le premier rendement de la mine lui appartînt.

Le justicier-quorum se leva.

Il alla à la porte, l'ouvrit, regarda, sans dire un mot, les gens de police, et il lui jaillit de l'index un éclair d'autorité. Tout le groupe entra avec ce silence où l'on entrevoit l'approche de quelque chose de sévère.

Maître Nicless tourna vers le justicier-quorum sa face souriante :

– Votre Honneur, j'implorerais Votre Honneur de daigner abréger son auguste visite et de congédier ces dignes messieurs qui viennent d'entrer : puisque le nommé Ursus s'exécute et part, qui peuvent-ils avoir à arrêter ici ?

– Vous, dit le justicier. Le plus coupable, c'est vous. C'est chez vous, et de votre consentement, que la loi a été violée, et vous avez installé le scandale dans votre maison. Maître Nicless, votre licence vous est retirée, vous paierez l'amende, et vous irez en prison.

Les gens de police entourèrent le tavernier.

Le justicier continua, désignant Govicum :

– Ce garçon, votre complice, est saisi. Et cette maison, l'inn Tadcaster, demeurera fermée, condamnée et close. Pour l'exemple.

LIVRE SEPTIÈME

LA TITANE

Réveil

«Et Dea!»

Il sembla à Gwynplaine, regardant poindre le jour à Corleone-lodge, que ce cri venait du dehors; ce cri était en lui.

«Dea! Ursus! Que doivent-ils penser de ne pas me voir revenir? Cet argent! quand je pense que je leur ai envoyé de l'argent! C'était moi qu'il fallait. Allons, une voiture! une voiture! qu'on attelle. Je veux aller les chercher. Où sont les valets? Il doit y avoir des valets, puisqu'il y a un seigneur. Je suis le maître ici. C'est ma maison. Et j'en tordrai les verrous, et j'en briserai les serrures, et j'en enfoncerai les portes à coups de pied. J'ai une femme, qui est Dea. J'ai un père, qui est Ursus. Ma maison est un palais et je le donne à Ursus. Mon nom est un diadème et je le donne à Dea. Vite! Tout de suite! Dea, me voici!»

Et, levant la première portière venue, il sortit de la chambre impétueusement.

Il se trouva dans un corridor.

Toutes les portes étaient ouvertes.

Il se mit à marcher au hasard, de chambre en chambre, de couloir en couloir, cherchant la sortie.

Ève

Une salle sans fenêtres, éclairée d'un jour d'en haut, toute revêtue, mur, pavage et voûte, de marbre fleur-de-pêcher; au milieu de la salle un baldaquin couvrant d'ombre une vasque-baignoire; au milieu de la vasque un fin jaillissement d'eau odorante et tiède remplissant doucement et lentement la cuve; c'est là ce qu'il avait devant les yeux.

Aucun meuble. Si ce n'est, près de la baignoire, une chaise longue d'Espagne.

Vis-à-vis l'entrée de cette salle, une ouverture allant jusqu'à la voûte et fermée d'une large et haute toile d'argent.

Cette toile, d'une ténuité féerique, était transparente. On voyait au travers.

Au centre de la toile, à l'endroit où est d'ordinaire l'araignée, Gwynplaine aperçut une chose formidable, une femme nue.

Nue à la lettre, non. Cette femme était vêtue. Le vêtement était une chemise, mais si fine qu'elle semblait mouillée. De là un à-peu-près de femme nue, plus traître et plus périlleux que la nudité franche.

La toile d'argent séparait la salle de marbre, qui était une salle de bains, d'une chambre, qui était une chambre à coucher. Cette chambre, très petite, était une espèce de grotte de miroirs. Partout des glaces de Venise réfléchissaient le lit qui était au centre. Sur ce lit était couchée la femme. Elle dormait.

Gwynplaine ne percevait aucun de ces détails. La femme, voilà ce qu'il voyait.

Cette femme, il la reconnaissait.

C'était la duchesse.

Satan

Tout à coup la dormeuse se réveilla.

Elle se dressa sur son séant avec une majesté brusque et harmonieuse ; ses cheveux se répandirent avec un doux tumulte sur ses reins ; sa chemise tombante laissa voir son épaule très bas ; puis elle s'étira et bâilla comme une tigresse au soleil levant.

– Est-ce qu'il y a là quelqu'un ? dit-elle.

En même temps, elle se jeta à bas du lit, nue et debout. Elle alla au rideau de toile d'argent, l'ouvrit du bout de son pied, et entra dans la chambre de marbre. Gwynplaine sentit comme un froid d'agonie.

Elle le vit.

Elle le regarda, prodigieusement étonnée, mais sans aucun tressaillement, avec une nuance de bonheur et de mépris :

– Tiens, dit-elle, Gwynplaine !

Puis, subitement, d'un bond violent, car cette chatte était une panthère, elle se jeta à son cou.

Elle s'écria :

– Tu es venu. Tu as su que j'avais été forcée de partir de Londres. Tu m'as suivie. Tu as bien fait. Mais comment as-tu fait pour pénétrer jusqu'à moi ? Voilà ce que j'appelle être un homme. Des obstacles. Il n'y en a pas. On est appelé, on accourt. C'est dit, tu es mon amant.

Gwynplaine, égaré, écoutait, sentant de plus en plus sa pensée osciller. La lettre de la nuit, cette femme la confirmait. Lui, Gwynplaine, amant d'une duchesse, amant aimé ! l'immense orgueil aux mille têtes sombres remua dans ce cœur infortuné.

La duchesse continua :

– Tu t'es habillé en seigneur. Pourquoi pas ? Tu as une noble taille, tu es très bien fait. C'est inouï que tu sois ici ! Est-ce que tu m'as vue nue ? je suis belle, n'est-ce pas ? J'allais prendre mon bain. Tu as lu ma lettre ! L'as-tu lue toi-même ? Te l'a-t-on lue ? Sais-tu lire ? Tu dois être ignorant. Je te fais des questions, mais n'y réponds pas. Je n'aime pas ton son de voix. Il est doux. Un être incomparable comme toi ne devrait pas parler, mais grincer. Dans l'Inde, tu serais dieu. Est-ce que tu es né avec ce rire épouvantable sur la face ? Non, n'est-ce pas ? C'est sans doute une mutilation pénale. J'espère bien que tu as commis quelque crime. Viens dans mes bras.

Elle se laissa tomber sur le canapé et le fit tomber près d'elle. Ils se trouvèrent l'un près de l'autre sans savoir comment. Ce qu'elle disait passait sur Gwynplaine comme un grand vent. Elle parlait en tumulte, frénétiquement, d'une voix éperdue et tendre. Sa parole était une musique, mais Gwynplaine entendait cette musique comme une tempête.

Elle appuya de nouveau sur lui son regard fixe.

– Je me sens dégradée près de toi, quel bonheur! Être altesse, comme c'est fade! Déchoir repose. Je suis si saturée de respect que j'ai besoin de mépris.

Elle s'interrompit, et eut un effrayant sourire.

– Je t'aime non seulement parce que tu es difforme, mais parce que tu es vil. J'aime le monstre, et j'aime l'histrion. Un amant humilié, bafoué, grotesque, hideux, exposé aux rires sur ce pilori qu'on appelle un théâtre, cela a une saveur extraordinaire. Un amant infamant, c'est exquis. Avoir sous la dent la pomme, non du paradis, mais de l'enfer, voilà ce qui me tente, j'ai cette faim et cette soif, et je suis cette Ève-là. L'Ève du gouffre. Tu es le maître que j'attendais. Gwynplaine, personne ne m'a possédée, je me donne à toi pure comme la braise ardente.

Ses paroles avaient le pêle-mêle de l'éruption.

Gwynplaine balbutia:

– Madame…

Elle lui mit la main sur la bouche.

– Insulte-moi. Bats-moi. Paie-moi. Traite-moi comme une créature. Je t'adore.

Et elle le mordit d'un baiser.

Gwynplaine haletait.

Tout à coup, tout près d'eux, une petite sonnerie ferme et claire vibra. C'était le timbre scellé dans le mur qui tintait. Et brusquement, le panneau d'argent incrusté d'une couronne royale s'ouvrit.

L'intérieur d'un tour, tapissé de velours bleu prince, apparut avec une lettre sur une assiette d'or.

La duchesse, penchée et se retenant d'un bras au cou de Gwynplaine, étendit l'autre bras, prit la lettre sur l'assiette, et repoussa le panneau. Le tour se referma et le timbre se tut.

La duchesse cassa la cire entre ses doigts, défit l'enveloppe, en tira deux plis qu'elle contenait, et jeta l'enveloppe à terre aux pieds de Gwynplaine.

Le sceau de cire brisé restait déchiffrable, et Gwynplaine put y distinguer une couronne royale et au-dessous la lettre A.

Les deux plis qu'avait contenus l'enveloppe étaient un parchemin et un vélin. La duchesse, toute palpitante et les yeux noyés d'extase, fit une imperceptible moue d'ennui. Et, laissant de côté le parchemin, elle entrouvrit le vélin.

– C'est de l'écriture de ma sœur. Cela me fatigue. Gwynplaine, je t'ai demandé si tu savais lire...

Gwynplaine fit de la tête signe que oui.

– Eh bien, Gwynplaine, tu es à moi. Commence ton service. Mon bien-aimé, lis-moi ce que m'écrit la reine.

Gwynplaine prit le vélin, et, d'une voix où il y avait toutes sortes de tremblements, il lut:

«*Madame,*

«*Nous vous envoyons gracieusement la copie ci-jointe d'un procès-verbal duquel il résulte cette particularité consi-*

dérable que le fils légitime de lord Linnæus Clancharlie vient d'être constaté et retrouvé, sous le nom de Gwynplaine, dans la bassesse d'une existence ambulante et vagabonde. En conséquence des lois du royaume, et en vertu de son droit héréditaire, lord Fermain Clancharlie, fils de lord Linnæus, sera, ce jourd'hui même, admis et réintégré dans la Chambre des lords. C'est pourquoi, voulant vous bien traiter et vous conserver la transmission des biens et domaines des lords Clancharlie Hunkerville, nous le substituons dans vos bonnes grâces à lord David Dirry-Moir. Nous avons fait amener lord Fermain dans votre résidence de Corleone-lodge; nous commandons et voulons, comme reine et sœur, que notre dit lord Fermain Clancharlie, nommé jusqu'à ce jour Gwynplaine, soit votre mari, et vous l'épouserez, et c'est notre plaisir royal.»

Pendant que Gwynplaine lisait, avec des intonations qui chancelaient presque à chaque mot, la duchesse écoutait, l'œil fixe. Comme Gwynplaine achevait, elle lui arracha la lettre.

Puis elle ramassa à terre le parchemin qu'elle avait jeté, et y promena son regard. C'était la déclaration des naufragés de la *Matutina*, copiée sur un procès-verbal signé du shérif de Southwark et du lord-chancelier.

Le procès-verbal lu, elle relut le message de la reine. Puis elle dit:

– Soit.

Et, calme, montrant du doigt à Gwynplaine la portière de la galerie par où il était entré:

– Sortez, dit-elle.

Gwynplaine, pétrifié, demeura immobile.

Elle reprit, glaciale :

– Puisque vous êtes mon mari, sortez. Vous n'avez pas le droit d'être ici. C'est la place de mon amant.

Gwynplaine était comme cloué.

– Bien, dit-elle. Ce sera moi, je m'en vais. Ah ! vous êtes mon mari ! Je vous hais.

La portière de la galerie se referma sur elle.

On se reconnaît, mais on ne se connaît pas

Gwynplaine demeura seul.

Il ne pensait pas. Il ne songeait même plus. Il subissait.

Il restait assis sur le canapé, à l'endroit où la duchesse l'avait laissé.

Tout à coup il y eut dans cette ombre un bruit de pas.

Une voix mâle et joyeuse, chantant à pleine gorge, jeta dans la chambre aux miroirs ce refrain d'une vieille chanson française :

Trois petits gorets sur leur fumier
Juraient comme des porteurs de chaise.

Un homme entra.

Cet homme avait l'épée au côté et à la main un chapeau à plumes avec ganse et cocarde, et était vêtu d'un magnifique habit de mer, galonné.

Gwynplaine se dressa, comme si un ressort le mettait debout

De leurs deux bouches stupéfaites s'échappa en même temps ce double cri :

– Gwynplaine !

– Tom-Jim-Jack !

– Ah ! je comprends. Josiane ! un caprice. Un saltimbanque qui est un monstre, c'est trop beau pour qu'on y résiste. Gwynplaine, que signifie cet habit de seigneur ?

– Tom-Jim-Jack, que signifie cet habit d'officier ?

– Gwynplaine, je ne m'appelle pas Tom-Jim-Jack.

– Tom-Jim-Jack, je ne m'appelle pas Gwynplaine.

– Gwynplaine, je suis ici chez moi.

– Je suis ici chez moi, Tom-Jim-Jack.

– Je te défends de me faire écho. Tu as l'ironie, mais j'ai ma canne. Trêve à tes parodies, misérable drôle.

Gwynplaine devint pâle.

– Drôle toi-même ! et tu me rendras raison de cette insulte. Ici, et à coups d'épée.

– L'ami Gwynplaine, l'épée est affaire de gentilshommes. Je ne me bats qu'avec mes pareils. À l'inn Tadcaster, Tom-Jim-Jack peut boxer Gwynplaine. À Windsor, c'est différent. Apprends ceci : je suis contre-amiral.

– Et moi, je suis pair d'Angleterre.

L'homme en qui Gwynplaine voyait Tom-Jim-Jack éclata de rire.

– Gwynplaine, ceci devient long. Ne joue pas avec quelqu'un qui peut te faire fouetter. Je m'appelle lord David Dirry-Moir.

– Et moi, je m'appelle lord Clancharlie.

Lord David eut un second éclat de rire.

– Bien trouvé. Gwynplaine est lord Clancharlie. C'est en effet le nom qu'il faut avoir pour posséder Josiane. Écoute, je te pardonne. Et sais-tu pourquoi? C'est que nous sommes les deux amants.

La portière de la galerie s'écarta, et une voix dit:

– Vous êtes les deux maris, messeigneurs.

Tous deux se retournèrent.

– Barkilphedro! s'écria lord David.

C'était Barkilphedro, en effet.

Il saluait profondément les deux lords avec un sourire.

Derrière lui, à quelques pas, on apercevait un gentilhomme au visage respectueux et sévère qui avait une baguette noire à la main.

Ce gentilhomme s'avança, fit trois révérences à Gwynplaine, et lui dit:

– Milord, je suis l'huissier de la verge noire. Je viens chercher Votre Seigneurie, conformément aux ordres de Sa Majesté.

LIVRE HUITIÈME

LE CAPITOLE ET SON VOISINAGE

Dissection des choses majestueuses

Le soir de ce même jour, Gwynplaine était dans un lieu extraordinaire.

Il était assis sur un banc fleurdelisé. Il avait par-dessus ses habits de soie une robe de velours écarlate doublée de taffetas blanc avec rochet d'hermine, et aux épaules deux bandes d'hermine bordées d'or.

Il avait autour de lui des hommes de tout âge, jeunes et vieux, assis comme lui sur les fleurs de lis et comme lui vêtus d'hermine et de pourpre.

En face de lui, à quelque distance, il apercevait des marches, une estrade, un dais, un large écusson étincelant entre un lion et une licorne, et, sous ce dais, sur cette estrade, adossé à cet écusson, un fauteuil doré et couronné. C'était un trône.

Le trône de la Grande-Bretagne.

Gwynplaine était, pair lui-même, dans la Chambre des pairs d'Angleterre.

La vieille salle

Les pairs d'Angleterre siégeaient, comme cour de justice, dans la grande salle de Westminster, et, comme haute Chambre législative, dans une salle spéciale nommée « maison des lords », *house of the lords.*

Siéger comme cour et siéger comme chambre, c'est deux. Cette dualité constitue le pouvoir suprême. Le long parlement, qui commença le 3 novembre 1640, sentit le besoin révolutionnaire de ce double glaive. Aussi se déclara-t-il, comme une Chambre des pairs, pouvoir judiciaire en même temps que pouvoir législatif.

Ce double pouvoir était immémorial dans la Chambre des lords. Les lords occupaient Westminster-Hall ; législateurs, ils avaient une autre salle.

Cette autre salle, proprement dite Chambre des lords, était oblongue et étroite.

À une extrémité de la longue salle des lords était la porte ; à l'autre, en face, le trône. À quelques pas de la porte, la barre, coupure transversale, sorte de frontière, marquant l'endroit où finit le peuple et où commence la seigneurie. Trois marches exhaussaient le trône. Le trône était dit « chaise royale ». À droite du trône, on voyait une chaise pour le prince de Galles, et à gauche des pliants pour les ducs royaux, et en arrière de ces pliants un gradin pour les jeunes pairs mineurs, n'ayant point encore séance à la Chambre. Force fleurs de lis partout ; et le vaste écusson d'Angleterre sur les quatre murs, au-dessus des pairs comme au-dessus du roi. Les pairs prenaient séance en ordre chronologique, chacun suivant la date de la création de sa pairie. Ils avaient rang selon le titre, et, dans le titre, selon l'ancienneté. À la barre se tenait l'huissier de la verge noire, debout, sa baguette à la main. En dedans de la porte, l'officier de l'huissier, et en dehors le crieur de la verge noire, ayant pour fonction d'ouvrir les séances de justice par le cri : *Oyez !* en français, poussé trois fois en appuyant solennellement sur la première syllabe. Près du crieur, le sergent porte-masse du chancelier.

Dans les occasions importantes, et lorsqu'il y avait lieu de recevoir une communication de la Couronne à la Chambre haute, toute cette multitude auguste en robes, en perruques, avec coiffes de prélature ou chapeaux à plumes, alignait et étageait ses rangées de têtes dans la salle de la pairie.

La vieille Chambre

Toute la cérémonie de l'investiture de Gwynplaine s'était passée dans une sorte de pénombre.

Le visage du nouveau lord pouvait, à son entrée dans la Chambre, faire une sensation quelconque. Il importait d'obvier à cela.

C'est pourquoi le lord-chancelier avait fixé la réception de lord Fermain Clancharlie à une séance du soir. De plus, il avait avancé l'heure pour que le nouveau pair fît son entrée dans la Chambre avant même que la séance fût commencée.

Myope, il s'était aperçu à peine de la difformité de Gwynplaine ; les deux lords parrains, pas du tout. C'étaient deux vieillards presque aveugles.

Le lord-chancelier les avait choisis exprès.

Gwynplaine était déjà entré depuis quelque temps, sans qu'on eût pris garde à lui ; le deuxième banc des barons, où était sa place, étant contigu à la barre, il n'avait eu que quelques pas à faire. Les deux lords ses parrains s'étaient assis à sa droite et à sa gauche, ce qui avait à peu près masqué la présence du nouveau venu. Personne n'étant averti, le clerc du Parlement avait lu à demi-voix les diverses pièces concernant le nouveau lord, et le lord-chancelier avait proclamé son admission au milieu de l'« inattention générale ». Chacun causait. Il y avait dans la Chambre ce brouhaha pendant lequel les assemblées font toutes sortes de choses crépusculaires, qui quelquefois les étonnent plus tard.

Ajoutons que Barkilphedro, renseigné à fond comme un espion qu'il était, et déterminé à réussir dans sa machination, avait dans ses dires officiels, en présence du lord-chancelier, atténué dans une certaine mesure la difformité de lord Fermain Clancharlie, en insistant sur ce détail que Gwynplaine pouvait à volonté supprimer l'effet de rire et ramener au sérieux sa face défigurée.

En entrant, selon la recommandation que les deux lords parrains lui avaient renouvelée, il avait salué la « chaise royale ».

Donc c'était fini.

Il était lord.

Cette hauteur, sous le rayonnement de laquelle, toute sa vie, il avait vu son maître Ursus se courber avec épouvante, ce sommet prodigieux, il l'avait sous ses pieds.

Il était là chez lui.

Chez lui sur son siège comme le roi sur le sien.

Il y était, et rien désormais ne pouvait faire qu'il n'y fût pas.

Cette couronne royale qu'il voyait sous ce dais était sœur de sa couronne à lui. Il était le pair de ce trône.

En face de la majesté, il était la seigneurie. Moindre, mais semblable.

Hier, qu'était-il ? histrion. Aujourd'hui, qu'était-il ? prince.

Hier, rien. Aujourd'hui, tout.

Causeries altières

Peu à peu les bancs de la Chambre se garnirent. Les lords commencèrent à arriver. L'ordre du jour était le vote du *bill* augmentant de cent mille livres sterling la dotation annuelle de Georges de Danemark, duc de Cumberland, mari de la reine. En outre, il était annoncé que divers bills consentis par Sa Majesté allaient être apportés à la Chambre par des commissaires de la Couronne ayant pouvoir et charge de les sanctionner, ce qui érigeait la séance en séance royale. Les pairs avaient tous leur robe de parlement par-dessus leur habit de cour ou de ville. Tous, en entrant, saluaient le trône.

En moins d'une demi-heure, la Chambre se trouva presque au complet.

Depuis quelques heures, l'aventure de Gwynplaine s'était ébruitée. Le secret est un filet ; qu'une maille se rompe, tout se déchire. Seuls, les quelques lords exacts qui avaient devancé l'ouverture de la séance ignoraient la chose, n'étant point dans la ville où l'on racontait tout, et étant dans la Chambre où ils ne s'étaient aperçus de rien. Sur ce, tranquilles sur leurs bancs, ils étaient apostrophés par les arrivants, tout émus.

– Eh bien ? disait Francis Brown, vicomte Mountacute, au marquis de Dorchester.

– Quoi ?

– Est-ce que c'est possible ?

– Quoi ?

– L'Homme qui Rit !

– Qu'est-ce que c'est que l'Homme qui Rit ?

– Vous venez de le recevoir pair d'Angleterre.

Le jeune comte d'Annesley abordait le vieux lord Eure.

– Milord Eure ?

– Milord Annesley ?

– Avez-vous connu lord Linnæus Clancharlie ?

– Oh ! si je l'ai connu ! je crois bien. J'étais son meilleur ami.

– Savez-vous, milord Eure, qu'il s'était marié en Suisse ? Et qu'il a eu de ce mariage un fils légitime ?

– Oui. Qui est mort.

– Qui est vivant.

– Vivant ?
– Vivant.
– Pas possible.
– Réel. Prouvé. Constaté. Homologué. Enregistré.
– Mais alors ce fils va hériter de la pairie de Clancharlie ?
– Il ne va pas en hériter.
– Pourquoi ?
– Parce qu'il en a hérité. C'est fait. Tournez la tête, milord Eure. Il est assis derrière vous au banc des barons.

Lord Eure se retournait ; mais le visage de Gwynplaine se dérobait sous sa forêt de cheveux.

– Tiens ! disait le vieillard, ne voyant que ses cheveux, il a déjà adopté la nouvelle mode. Il ne porte pas perruque.

Gwynplaine, du reste, soit hasard, soit arrangement de ses parrains avertis par le lord-chancelier, était placé dans assez d'ombre pour échapper à la curiosité.

On se passait de main en main des copies de la lettre en trois lignes que la duchesse Josiane avait, affirmait-on, écrite à la reine sa sœur, en réponse à l'injonction que lui avait faite Sa Majesté d'épouser le nouveau pair. Cette lettre était ainsi conçue :

« *Madame,*
« *J'aime autant cela.*
« *Je pourrai avoir lord David pour amant.* »
Signé « *Josiane* ».

Ce billet, vrai ou faux, avait un succès d'enthousiasme.

Gwynplaine, l'Homme qui Rit, l'inn Tadcaster, la Green-Box, *Chaos vaincu*, la Suisse, les *comprachicos*, la bouteille ouverte à l'Amirauté, le père, lord Linnæus, le fils légitime, lord Fermain, le fils bâtard, lord David, les conflits probables, la duchesse Josiane, tout cela courait de banc en banc. Gwynplaine, vaguement, au fond du puits de rêverie où il était, entendait ce bourdonnement sans savoir que c'était pour lui.

Les tempêtes d'hommes pires que les tempêtes d'océans

Les portes se refermèrent, et le lord-chancelier prit la parole :

– Milords, la délibération de la Chambre étant depuis plusieurs jours sur le bill qui propose d'augmenter de cent mille livres sterling la provision annuelle de Son Altesse royale le prince mari de Sa Majesté, il va être procédé au vote. Chaque lord, à l'appel de son nom, se lèvera et répondra « content » ou « non content », et sera libre d'exposer ses motifs de vote, s'il le juge à propos.

Le clerc du Parlement, debout, ouvrit un large in-folio exhaussé sur un pupitre doré, qui était le Livre de la Pairie.

Le clerc appela :

– Milord John, baron Hervey.

Un vieillard en perruque blonde se leva et dit :

– Content.

Puis se rassit.

Le sous-clerc enregistra le vote.

Le clerc continua :

– Milord Francis Seymour, baron Conway de Kiltultagh.

– Content, murmura en se soulevant à demi un élégant jeune homme à figure de page.

– Milord John, baron Granville.

– Content, répondit, tout de suite levé et rassis, lord Granville de Potheridge.

– Milord Fermain Clancharlie, baron Clancharlie et Hunkerville.

Gwynplaine se leva :

– Non content, dit-il.

Toutes les têtes se tournèrent. Gwynplaine était debout. Les gerbes de chandelles placées des deux côtés du trône éclairaient vivement sa face, et la faisaient saillir dans la vaste salle obscure avec le relief qu'aurait un masque sur un fond de fumée.

Gwynplaine avait fait sur lui cet effort qui lui était, à la rigueur, possible. Par une concentration de volonté égale à celle qu'il faudrait pour dompter un tigre, il avait réussi à ramener pour un moment au sérieux le fatal rictus de son visage. Pour l'instant, il ne riait pas. Cela ne pouvait durer longtemps ; les désobéissances à ce qui est notre loi, ou notre fatalité, sont courtes. Pour une minute qu'il sentait solennelle, par une prodigieuse intensité de volonté, mais pour pas beaucoup plus de temps qu'un éclair, il avait jeté sur son front le sombre voile de son âme ; il tenait en suspens son incurable rire; de cette face qu'on lui avait sculptée, il avait retiré la joie. Il n'était plus qu'effrayant.

Un frémissement indescriptible courut sur tous les bancs. On avait eu beau parler de Gwynplaine, le voir fut formidable. Ceux mêmes qui s'y attendaient ne s'y attendaient pas.

Un vieillard vénéré de toute la Chambre, qui avait vu beaucoup d'hommes et beaucoup de choses, et qui était désigné pour être duc, Thomas, comte de Warton, se leva effrayé.

Et apostrophant Gwynplaine avec hauteur:

– Qui êtes-vous? d'où sortez-vous?

Gwynplaine répondit:

– Du gouffre.

Et, croisant les bras, il regarda les lords.

– Qui je suis? je suis la misère. Milords, j'ai à vous parler.

Il y eut un frisson, et un silence. Gwynplaine continua.

– Milords, je viens vous apprendre une nouvelle. Le genre humain existe.

Gwynplaine en ce moment sentait en lui un grandissement étrange. Il était illuminé d'un de ces grands éclairs qui viennent du devoir. Il reprit:

– Je suis celui qui vient des profondeurs. Milords, ayez peur. Je viens vous dénoncer votre bonheur. Il est fait du malheur d'autrui. Vous avez tout, et ce tout se compose du rien des autres. Milords, le genre humain est une bouche, et j'en suis le cri. Parmi vous je m'appelle lord Fermain Clancharlie, mais mon vrai nom est un nom de pauvre, Gwynplaine. J'ai été jeté au gouffre. Dans quel but? pour que j'en visse le fond. Je suis un plongeur, et je rapporte la perle, la vérité. Je parle, parce que je sais. Vous m'entendrez, milords. Quand l'homme que vous nommez l'huissier de la verge noire est venu me chercher de la part de la femme que vous nommez la reine, j'ai eu un moment l'idée de refuser. Mais il m'a semblé que l'obscure main de Dieu me poussait de ce côté, et j'ai obéi. J'ai senti qu'il fallait que je vinsse parmi vous. Pourquoi? à cause de mes haillons d'hier. C'est pour prendre la parole parmi les rassasiés que Dieu m'avait mêlé aux affamés. Une nuit, une nuit de tempête, tout petit, abandonné, orphelin, seul dans la création démesurée, j'ai fait mon entrée dans cette obscurité que vous appelez la société. La première chose que j'ai vue, c'est la loi, sous la forme d'un gibet; la deuxième, c'est la richesse, c'est votre richesse, sous la forme d'une femme morte de froid et de faim; la troisième, c'est l'avenir, sous la forme d'un enfant agonisant; la quatrième, c'est le bon, le vrai, et le juste, sous la figure d'un vagabond n'ayant pour compagnon et pour ami qu'un loup.

En ce moment, Gwynplaine, pris d'une émotion poignante, sentit lui monter à la gorge les sanglots, ce qui fit, chose sinistre, qu'il éclata de rire.

La contagion fut immédiate. Le rire, cette démence épanouie, prit toute la Chambre.

On battit des mains autour de celui qui parlait. Un

pêle-mêle d'interjections joyeuses l'assaillit, grêle gaie et meurtrissante.

– Bravo, Gwynplaine !

– Bravo, l'Homme qui Rit !

– C'est un pair d'Angleterre, ça !

– Continue !

Gwynplaine considéra un moment ces hommes qui riaient.

– Alors, cria-t-il, vous insultez la misère. Silence, pairs d'Angleterre ! Oh ! je vous en conjure, ayez pitié ! Pitié pour qui ? Pitié pour vous. Qui est en danger ? C'est vous. Est-ce que vous ne voyez pas que vous êtes dans une balance et qu'il y a dans un plateau votre puissance et dans l'autre votre responsabilité ? Dieu vous pèse. Oh ! ne riez pas. Méditez. Cette oscillation de la balance de Dieu, c'est le tremblement de la conscience. Si vous saviez ce que j'ai vu ! Si vous saviez ce qui se passe, aucun de vous n'oserait être heureux. Il y a dans les mines des hommes qui mâchent du charbon pour s'emplir l'estomac et tromper la faim. Je ne trouve pas que le prince Georges de Danemark ait besoin de cent mille guinées de plus. Milords, les impôts que vous votez, savez-vous qui les paie ? Ceux qui expirent. Vous augmentez la pauvreté du pauvre pour augmenter la richesse du riche. C'est le contraire qu'il faudrait faire. Quoi, prendre à l'indigent pour donner au prince ! Oh, oui, j'ai du vieux sang républicain dans les veines. J'ai horreur de cela. Ces rois, je les exècre ! Et que les femmes sont effrontées ! Oh ! je hais Charles II ! Une femme que mon père avait aimée s'est donnée à ce roi, pendant que mon père mourait en exil, la prostituée! Charles II, Jacques II; après un vaurien, un scélérat! Qu'y a-t-il dans le roi? un homme, un faible et chétif sujet des besoins et des infirmités. À quoi bon le roi? Cette royauté parasite, vous la gavez. Ce ver de terre, vous le faites boa. Ce ténia, vous le faites dragon. Grâce pour les pauvres! Vous alourdissez l'impôt au profit du trône. Prenez garde aux lois que vous décrétez. Prenez garde au fourmillement douloureux que vous écrasez. Baissez les yeux. Regardez à vos pieds. Ô grands, il y a des petits! ayez pitié. Oui! pitié de vous! car les multitudes agonisent, et le bas en mourant fait mourir le haut. La mort est une cessation qui n'excepte aucun membre. Oh! sachez-le, l'abîme est pour tous.

Le rire redoubla, irrésistible.

Être comique au-dehors, et tragique au-dedans, pas de souffrance plus humiliante, pas de colère plus profonde. Gwynplaine avait cela en lui. Ses paroles voulaient agir dans un sens, son visage agissait dans l'autre; situation affreuse. Sa voix eut, tout à coup des éclats stridents.

– Ils sont joyeux, ces hommes! Ils sont tout-puissants! C'est possible. Soit. On verra. Ah! je suis un des leurs. Je suis aussi un des vôtres, ô vous les pauvres! Un roi m'a vendu, un pauvre m'a recueilli. Qui m'a mutilé? Un prince. Qui m'a guéri et nourri? Un meurt-de-faim. Je suis lord Clancharlie, mais je reste Gwynplaine. Un jour viendra la société vraie.

Alors il n'y aura plus de seigneurs, il y aura des vivants libres. En attendant, me voici. Je me dresserai avec la poignée des haillons du peuple dans la main, et je secouerai sur les maîtres la misère des esclaves!

Ici Gwynplaine se tourna vers les sous-clercs agenouillés qui écrivaient.

– Qu'est-ce que c'est que ces gens qui sont à genoux? Qu'est-ce que vous faites là? Levez-vous, vous êtes des hommes.

Cette brusque apostrophe à des subalternes qu'un lord ne doit pas même apercevoir mit le comble aux joies. On avait crié bravo, on cria hurrah! Du battement des mains on passa au trépignement. On eût pu se croire à la Green-Box. Seulement, à la Green-Box le rire fêtait Gwynplaine, ici il l'exterminait. Tuer, c'est l'effort du ridicule. Le rire des hommes fait quelquefois tout ce qu'il peut pour assassiner.

Gwynplaine, on s'en souvient, avait rêvé un autre accueil.

Il sentait son ascension crouler sous lui, et son auditoire était un précipice.

Il y a toujours quelqu'un qui dit le mot où tout se résume.

Lord Scarsdale traduisit en un cri l'impression de l'assemblée:

– Qu'est-ce que ce monstre vient faire ici?

Gwynplaine se dressa, éperdu et indigné, dans une sorte de convulsion suprême.

– Ce que je viens faire ici? Je viens être terrible. Je suis un monstre, dites-vous. Non, je suis le peuple. Je suis une exception? Non, je suis tout le monde. L'exception, c'est vous. Vous êtes la chimère, et je suis la réalité. Je suis l'Homme. Je suis l'effrayant Homme qui Rit. Qui rit de quoi? De vous. De lui. De tout. Qu'est-ce que son rire? Votre crime, et son supplice. Ce crime, il vous le jette à la face; ce supplice, il vous le crache au visage. Je ris, cela veut dire: Je pleure. Ce rire qui est sur mon front, c'est un roi qui l'y a mis. Ce rire exprime la désolation universelle. Ce rire veut dire haine, silence contraint, rage, désespoir. Ce rire est un produit des tortures. Ah! vous me prenez pour une exception! Je suis un symbole. Ô tout-puissants imbéciles que vous êtes, ouvrez les yeux. Je représente l'humanité telle que ses maîtres l'ont faite. L'homme est un mutilé. Ce qu'on m'a fait, on l'a fait au genre humain. On lui a déformé le droit, la justice, la vérité, la raison, l'intelligence, comme à moi les yeux, les narines et les oreilles; comme à moi, on lui a mis au cœur un cloaque de colère et de douleur, et sur la face un masque de contentement. Où s'était posé le doigt de Dieu, s'est appuyée la griffe du roi. Monstrueuse superposition. Milords, je vous le dis, le peuple, c'est moi. Aujourd'hui, vous l'opprimez, aujourd'hui vous me huez. Il viendra une heure où une convulsion brisera votre oppression, où un rugissement répliquera à vos huées. Cette heure est déjà venue, et s'est appelée République; on l'a chassée, elle reviendra.

Le moyen de tenir à de telles choses! Le rire recommença, cette fois accablant. De toutes les laves que jette la bouche humaine, ce cratère, la plus corrosive, c'est la joie Faire du mal joyeusement, aucune foule ne résiste à cette contagion. Toutes les exécutions ne se font pas sur des échafauds, et les hommes, dès qu'ils sont réunis, qu'ils soient multitude ou assemblée, ont toujours au milieu d'eux un bourreau tout prêt, qui est le sarcasme.

Pas de supplice comparable à celui du misérable risible. Ce supplice, Gwynplaine le subissait. L'allégresse, sur lui, était lapidation et mitraille. Les lords riaient, les évêques riaient, les juges riaient. Le banc des vieillards se déridait, le banc des enfants se tordait. L'archevêque de Canterbury poussait du coude l'archevêque d'York. Le lord-chancelier baissait les yeux pour cacher son rire probable. Et à la barre, la statue du respect, l'huissier de la verge noire, riait.

Il fallut lever la séance.

Le lord-chancelier, «attendu l'incident», ajourna la suite du vote au lendemain. La Chambre se sépara. Les lords firent la révérence à la chaise royale et s'en allèrent. On entendit les rires se prolonger et se perdre dans les couloirs.

Gwynplaine mit machinalement son chapeau sur sa tête, sortit de son banc, et se dirigea vers la grande porte ouverte sur la galerie.

Les hommes de service qui étaient là remarquèrent avec étonnement que ce lord était sorti sans saluer le trône.

Serait bon frère s'il n'était bon fils

Gwynplaine traversa le rond-point, où il ne restait plus trace de son investiture.

Tout à coup, dans le silence de toutes ces grandes salles désertes, des éclats de parole indistincts arrivèrent jusqu'à lui. Il se dirigea du côté où il entendait ce bruit, et brusquement il se trouva dans un spacieux vestibule faiblement éclairé qui était une des issues de la Chambre.

Sous le réverbère du vestibule, il y avait un groupe tumultueux et un orage de gestes et de voix. Gwynplaine, dans la pénombre, approcha.

C'était une querelle. D'un côté il y avait dix ou douze jeunes lords voulant sortir, de l'autre un homme, le chapeau sur la tête comme eux, droit et le front haut, et leur barrant le passage.

Qui était cet homme ? Tom-Jim-Jack.

C'était lui qui parlait, il apostrophait tous ces jeunes lords, et Gwynplaine entendit ceci :

– Je vous ai dit que vous étiez des lâches. Vous n'êtes pas des lâches. Vous êtes des idiots. Ce nouveau venu est étrange, et il a débité un tas de folies, j'en conviens, mais dans ces folies il y avait des choses vraies. C'était une harangue insensée et décousue et qui allait tout de travers, mais il en sortait çà et là des faits réels. Enfin, moi, milords, je n'aime pas qu'on s'acharne plusieurs sur un seul, et je demande à Vos Seigneuries la permission d'être offensé. Moi, je ne crois pas beaucoup en Dieu, mais je lui sais gré, à ce bon Dieu, s'il existe, d'avoir tiré du fond de cette existence basse ce pair d'Angleterre, et d'avoir rendu son héritage à cet héritier, et, sans m'inquiéter si cela arrange ou non mes affaires, je trouve beau de voir subitement le cloporte se changer en aigle et Gwynplaine en Clancharlie. Milords, Fermain Clancharlie a été le lord, et vous avez été les saltimbanques. Quant à son rire, ce n'est pas sa faute. Vous avez ri de ce rire. On ne rit pas d'un malheur. Vous êtes des niais. Et des niais cruels. J'aimerais mieux être lui que vous. J'assistais à la séance, à ma place, comme héritier possible de pairie, j'ai tout entendu. Je n'avais pas le droit de parler, mais j'ai le droit d'être un gentilhomme. Vos airs joyeux m'ont ennuyé. Je vous châtierai, milords. Je trouve mauvais que vous ayez bafoué lord Fermain Clancharlie. Il vaut mieux que vous. Comme Clancharlie, il a la noblesse, que vous avez, et comme Gwynplaine, il a l'esprit, que vous n'avez pas. Je fais de sa cause ma cause, de son injure mon injure, et de vos ricanements ma colère. Nous verrons qui sortira de cette affaire vivant, car je vous provoque à outrance, entendez-vous bien? et à toute arme et de toute façon, et choisissez la mort qui vous plaira, et puisque vous êtes des manants en même temps que des gentilshommes, je proportionne le défi à vos qualités, et je vous offre toutes les manières qu'ont les hommes de se tuer, depuis l'épée comme les princes jusqu'à la boxe comme les goujats!

À ce jet furieux de paroles tout le groupe hautain des jeunes lords répondit par un sourire.

– Convenu, dirent-ils.

– Je choisis le pistolet, dit Burlington.

– Moi, dit Escrick, l'ancien combat de champ clos à la masse d'armes et au poignard.

– Moi, dit Holderness, le duel aux deux couteaux, le long et le court, torses nus, et corps à corps.

Gwynplaine sortit de l'ombre.

Il se dirigea vers celui qu'il avait jusque-là nommé Tom-Jim-Jack, et en qui maintenant il commençait à entrevoir autre chose.

– Je vous remercie, dit-il. Mais ceci me regarde.

Toutes les têtes se tournèrent.

Gwynplaine avança.

– Tiens ! dit lord David, c'est vous ! vous voilà ! Cela se trouve bien. J'avais aussi un mot à vous dire. Vous avez tout à l'heure parlé d'une femme qui, après avoir aimé lord Linnæus Clancharlie, a aimé le roi Charles II.

– C'est vrai.

– Monsieur, vous avez insulté ma mère.

– Votre mère ? s'écria Gwynplaine. En ce cas, nous sommes...

– Frères, répondit lord David.

Et il donna un soufflet à Gwynplaine.

– Nous sommes frères, reprit-il. Ce qui fait que nous pouvons nous battre. On ne se bat qu'entre égaux. Qui est plus notre égal que notre frère ? Je vous enverrai mes parrains. Demain, nous nous couperons la gorge.

LIVRE NEUVIÈME

EN RUINE

C'est à travers l'excès de grandeur qu'on arrive à l'excès de misère

Comme minuit sonnait à Saint-Paul, un homme, qui venait de traverser le Pont de Londres, entrait dans les ruelles de Southwark. Les rues, obscures, étaient désertes. L'homme marchait à grands pas.

Cet homme était Gwynplaine.

Il avait pris la fuite.

Qu'éprouvait Gwynplaine ? une soif, voir Dea.

Il ne sentait plus que cela. Regagner la Green-Box, et l'inn Tadcaster, sonore, lumineux, plein de ce bon rire cordial du peuple ; retrouver Ursus et Homo, revoir Dea, rentrer dans la vie !

Il tourna un coin de mur, et eut, en face de lui, à l'autre bout du pré, à quelque distance, l'inn, qui était, on s'en souvient, la seule maison du champ de foire.

Il regarda. Pas de lumière. Une masse noire.

Il frappa du revers de sa main un petit coup sur la lucarne. Rien ne remua.

Il frappa plus vivement et deux coups.

Personne ne répondit.

Il heurta violemment, comme un lord, qu'il était, hélas !

La maison demeura silencieuse.

Il appela :

– Nicless ! Govicum !

Rien dans l'inn. Pas une voix. Pas un bruit. Pas une lueur.

Il alla à la porte cochère et la heurta, et la poussa, et la secoua frénétiquement, en criant :

– Ursus ! Homo !

Le loup n'aboya pas.

Une sueur glacée perla sur son front.

La folie de l'anxiété le prit. Qu'était-il donc arrivé ? Il cassa une vitre du réduit de Govicum, y fourra son poing en se déchirant la chair, tira le verrou du châssis et ouvrit la lucarne. Puis il se hissa aux reliefs de la muraille, et, bien que la lucarne fût étroite, il put y passer. Il pénétra dans l'inn. Toute la maison était noire. Gwynplaine, convulsif, traversa la salle basse, se cogna aux tables, piétina sur les vaisselles, renversa les bancs, culbuta les brocs, enjamba les meubles, alla à la porte donnant sur la cour, et la défonça d'un coup de genou qui fit sauter le loquet. La porte tourna sur ses gonds. Il regarda dans la cour. La Green-Box n'y était plus.

Résidu

Gwynplaine sortit de la maison, et se dirigea vers la Tamise.

Il franchit quelques zigzags de ce réseau de ruelles où il n'y avait que des murs et des haies, puis il sentit dans l'air le frais de l'eau, il entendit le glissement sourd du fleuve, et brusquement il se trouva devant un parapet. C'était le parapet de l'Effroc-Stone.

Sous le parapet la haute muraille Effroc-Stone s'enfonçait à pic dans une eau obscure.

Gwynplaine s'arrêta à ce parapet, s'y accouda, prit sa tête dans ses mains, et se mit à penser, ayant cette eau au-dessous de lui.

Sous l'Effroc-Stone, il n'y avait que le flot, mais le quai en aval s'abaissait en rampe insensible et aboutissait, à quelque distance, à une berge que longeaient plusieurs bateaux, les uns en arrivage, les autres en partance. S'il y avait quelqu'un de ces bâtiments qui dût partir dans la nuit à l'heure de la marée, on n'y était pas encore réveillé.

Gwynplaine ne percevait rien de tout cela. Ce qu'il considérait, c'était la destinée.

Il lui semblait entendre derrière lui quelque chose comme un tremblement de terre. C'était le rire des lords.

Ce rire, il venait d'en sortir. Il en était sorti souffleté.

Souffleté par qui ?

Par son frère.

Et en sortant de ce rire, avec ce soufflet, se réfugiant, oiseau blessé, dans son nid, fuyant la haine et cherchant l'amour, qu'avait-il trouvé ?

Les ténèbres.

Personne.

Tout disparu.

Gwynplaine venait d'arriver à ce bord sinistre, le vide. La Green-Box partie, c'était l'univers évanoui.

Qu'avait-il pu se passer? Où étaient-ils? On les avait enlevés évidemment. Sa destinée avait été sur lui Gwynplaine un coup, la grandeur, et sur eux un contrecoup, l'anéantissement. Il était clair qu'il ne les reverrait jamais. On avait pris des précautions pour cela. Et l'on avait fait en même temps main basse sur tout ce qui habitait le champ de foire, à commencer par Nicless et Govicum, afin qu'aucun renseignement ne pût lui être donné. Dispersion inexorable. Cette redoutable force sociale, en même temps qu'elle le pulvérisait, lui, à la Chambre des lords, les avait broyés, eux, dans leur pauvre cabane. Ils étaient perdus. Dea était perdue. Perdue pour lui. À jamais.

Gwynplaine voyait flamboyer au fond de sa pensée ces paroles énigmatiques, aujourd'hui expliquées : « Le destin n'ouvre pas une porte sans en fermer une autre. »

Moitié de force, moitié de gré, car après le wapentake, il avait eu affaire à Barkilphedro, et dans son rapt il y avait eu du consentement, il avait quitté le réel pour le chimérique, le vrai pour le faux, Dea pour Josiane, l'amour pour l'orgueil, la liberté pour la puissance, le travail fier et pauvre pour l'opulence pleine de responsabilité obscure, l'ombre où est Dieu pour le flamboiement où sont les démons, le paradis pour l'Olympe !

Il avait mordu dans le fruit d'or. Il recrachait la bouchée de cendre.

Et que faire désormais ? S'il regardait le lendemain, qu'apercevait-il ? une épée nue dont la pointe était devant sa poitrine et dont la poignée était dans la main de son frère.

Et ce frère, il lui apparaissait comme chevaleresque et vaillant ! Hélas ! ce Tom-Jim-Jack qui avait défendu Gwynplaine, ce lord David qui avait défendu lord Clancharlie, il n'avait eu que le temps d'en être souffleté, et de l'aimer.

Un joueur qui a joué l'un après l'autre tous ses atouts, c'était Gwynplaine. Il s'était laissé entraîner au tripot formidable. Sans se rendre exactement compte de ce qu'il faisait, car tel est le subtil empoisonnement de l'illusion, il avait joué Dea contre Josiane ; il avait eu un monstre. Il avait joué Ursus contre une famille, il avait eu l'affront. Il avait joué son tréteau de saltimbanque contre un siège de lord ; il avait l'acclamation, il avait eu l'imprécation. Sa dernière carte venait de tomber sur ce fatal tapis vert du bowling-green désert. Gwynplaine avait perdu. Il n'avait plus qu'à payer. Paie, misérable !

Gwynplaine, égaré et tragique, posa fermement sa main sur le parapet comme sur une solution, et regarda le fleuve.

Il demeura ainsi quelques instants penché sur cette eau ; l'ombre lui offrait le grand lit tranquille, l'infini des ténèbres.

Il ôta son habit, le plia et le posa sur le parapet. Puis il ôta le gilet et le posa sur l'habit. Il ôta son chapeau, et le posa sur le gilet.

Puis sa tête s'abaissa lentement, comme tirée par le fil invisible des gouffres. Il croisa ses mains derrière son dos et se pencha.

Et il fixa ses yeux sur l'eau profonde.

En ce moment il sentit une langue qui lui léchait les mains.

Il tressaillit et se retourna.

C'était Homo qui était derrière lui.

CONCLUSION

LA MER ET LA NUIT

Chien de garde peut être ange gardien

Gwynplaine demeura un moment comme ivre. Homo, quelle apparition! La soudaine intervention d'on ne sait quelle clémence mystérieuse, quelque chose comme le point d'appui retrouvé à l'instant le plus critique de l'écroulement, Homo était tout cela. Gwynplaine voyait le loup dans de la lumière.

Cependant Homo s'était retourné. Il fit quelques pas, et regarda en arrière comme pour voir si Gwynplaine le suivait.

Gwynplaine s'était mis en marche à sa suite. Homo remua la queue et continua son chemin.

Ce chemin où le loup s'était engagé, c'était la pente du quai de l'Effroc-Stone. Cette pente aboutissait à la berge de la Tamise. Gwynplaine, conduit par Homo, descendit cette pente.

Parvenu sur la berge, le loup s'avança sur l'étroite langue de terre qui longeait la Tamise.

Après une cinquantaine de pas, il s'arrêta. Une

estacade s'offrait à droite. À l'extrémité de cette estacade, espèce d'embarcadère sur pilotis, on entrevoyait une masse obscure qui était un assez gros navire. Sur le pont de ce navire, vers la proue, il y avait une clarté presque indistincte, qui ressemblait à une veilleuse prête à s'éteindre.

Le loup s'assura une dernière fois que Gwynplaine était là, puis bondit sur l'estacade. En quelques instants, Homo et Gwynplaine arrivèrent à la pointe.

Le bateau sur lequel on lisait *Vograat*, et près duquel Gwynplaine était parvenu, touchait l'estacade par le bâbord de son tillac d'arrière presque à niveau. C'était comme une marche à descendre ; Homo d'un saut, et Gwynplaine d'une enjambée, furent dans le navire. Le pont était désert.

Gwynplaine, en entrant sur la passerelle, aperçut devant lui une lueur. Une lanterne était posée à terre au pied du mât d'avant ; la réverbération de cette lanterne découpait en noir sur l'obscur fond de nuit une silhouette qui avait quatre roues. Gwynplaine reconnut l'antique cahute d'Ursus.

Barkilphedro a visé l'aigle et atteint la colombe

Le marchepied de la cahute était abaissé ; la porte était entrebâillée ; il n'y avait personne dedans.

La cahute masquait quelque chose qui était étendu sur le pont au pied du mât et que la lanterne éclairait. C'était un matelas dont on apercevait un coin. Sur le matelas quelqu'un était probablement couché.

On parlait. Gwynplaine, caché par l'interposition de la cahute, écouta.

C'était la voix d'Ursus.

Cette voix, si dure en dessus, si tendre en dessous, qui avait tant malmené et si bien conduit Gwynplaine depuis son enfance, n'avait plus son timbre sagace et vivant. Elle était vague et basse et se dissipait en soupirs à la fin de chaque phrase. C'était comme la parole de quelqu'un dont le bonheur est mort. La voix peut devenir ombre.

Ursus semblait monologuer plutôt que dialoguer :

– C'est très dangereux, cette espèce de bateau. Ça n'a pas de rebord. Si on roule à la mer, rien ne vous arrête. S'il y avait du gros temps, il faudrait la descendre sous le tillac, ce qui serait terrible. Un mouvement maladroit, une peur, et voilà une rupture d'anévrisme. Dort-elle ? oui. Elle dort. Je crois bien qu'elle dort. Est-elle sans connaissance ? non. Elle a le pouls assez fort. Certainement elle dort. Messieurs, s'il y a là quelqu'un sur le pont, je vous en prie, ne faites pas de bruit. C'est une petite qui a de la fièvre. Je lui ai mis ce matelas dehors pour qu'elle ait un peu d'air. Allons, rentrons au bagne, la misère est revenue. Soit ; on aura du courage. Seulement, il ne faut pas qu'elle soit malade. Et Homo, où est-il donc ? J'ai oublié de l'attacher. Pourvu qu'il ne lui arrive pas malheur ! Homo ! Homo !

Homo cogna doucement de sa queue le plancher du pont.

– Tu es là ! Dieu soit béni ! Homo perdu, c'eût été

trop. La marée descend. On partira tout à l'heure. Je pense qu'il fera beau cette nuit. Il n'y aura pas de mer. Nous aurons beau temps. Nous allons nous remettre à travailler. Nous travaillerons pour elle, toi et moi. C'est notre enfant. Ah! le bateau bouge. On part. Adieu, Londres! Ah! l'horrible Londres!

Le navire en effet avait la commotion sourde du dérapement. L'écart se faisait entre l'estacade et l'arrière. On apercevait à l'autre bout du bâtiment, à la poupe, un homme debout, le patron sans doute, qui venait de sortir de l'intérieur du navire et avait délié l'amarre, et qui manœuvrait le gouvernail. En quelques minutes le bâtiment fut au fil du fleuve. Il descendait sans tangage ni roulis. La Tamise, peu troublée par le reflux, était calme. La marée l'entraînant, le navire s'éloignait rapidement. Derrière lui, le noir décor de Londres décroissait dans la brume.

Ursus poursuivit:

– Nous étions quatre, nous ne sommes plus que trois. La vie n'est qu'une longue perte de tout ce qu'on aime. On laisse derrière soi une traînée de douleurs.

Ici une voix s'éleva, voix ineffable, qui semblait lointaine, qui paraissait venir à la fois des hauteurs et des profondeurs, divinement sinistre, la voix de Dea.

Tout ce que Gwynplaine avait éprouvé jusqu'à ce moment ne fut plus rien. Son ange parlait. Il lui semblait entendre des paroles dites hors de la vie dans un évanouissement plein de ciel.

La voix disait:

– Il a bien fait de s'en aller. Ce monde-ci n'est pas celui qu'il lui faut. Seulement il faut que j'aille avec lui. Père, je vais être heureuse.

– Mon enfant, demanda Ursus avec l'accent de l'angoisse, qu'entends-tu par là ?

– Gwynplaine n'est plus là. C'est à présent que je suis aveugle. Je ne connaissais pas la nuit. La nuit, c'est l'absence. J'avais toujours l'anxiété qu'il ne s'envolât ; je le sentais céleste. Il a tout à coup pris son vol. Père, je sais bien où retrouver Gwynplaine. Plus tard, vous nous rejoindrez. Et Homo aussi. J'étais avec Gwynplaine, c'était tout simple, je vivais. Maintenant Gwynplaine n'y est plus, je meurs. C'est la même chose.

Ces paroles étaient dites avec une profonde douceur inconsolable, et un soupir, que Gwynplaine entendit, s'acheva ainsi :

– Il faut que je m'en aille, à moins qu'il ne revienne.

Ursus répliqua, presque avec un essai d'autorité :

– Il faut te calmer et dormir. Tout ira bien. Je te jure ma parole d'honneur que tout ira bien.

Il y eut un silence.

Tout à coup Ursus cria :

– Qu'est-ce que tu fais ? Pourquoi te lèves-tu ? Je t'en supplie, reste couchée !

Gwynplaine tressaillit, et avança la tête.

Le paradis retrouvé ici-bas

Il aperçut Dea. Elle venait de se dresser toute droite sur le matelas. Elle avait une longue robe soigneusement fermée, blanche, qui ne laissait voir que la naissance des épaules et l'attache délicate de son cou. Elle était frissonnante, et oscillait plutôt qu'elle ne chancelait, comme un roseau. La lanterne l'éclairait d'en bas. Son beau visage était indicible. Ses cheveux dénoués flottaient. Aucune larme ne coulait sur ses joues. Ses yeux, tout grands ouverts, resplendissaient.

Ursus, dont Gwynplaine ne voyait que le dos, levait des bras effarés.

– Ma fille ! ah ! mon Dieu, voilà le délire qui la prend ! Ma fille, recouche-toi !

Cependant Dea parlait. Sa voix était presque indistincte, comme si une épaisseur céleste était déjà interposée entre elle et la terre.

– Père, vous vous trompez. Je n'ai aucun délire. Il faut que je joue ce soir, je veux bien, vous voyez que j'ai ma raison, mais je ne sais pas comment faire puisque je suis morte et puisque Gwynplaine est mort. Moi, je viens tout de même. Je consens à jouer. Me voici ; mais Gwynplaine n'y est plus. Il n'y est plus ! il n'y est plus ! oh ! comme il fait noir !

– Noir ! balbutia Ursus, voilà la première fois qu'elle dit ce mot !

Gwynplaine, sans plus de bruit qu'un glissement, monta le marchepied de la baraque, y entra, décrocha son capingot et son esclavine, endossa le capingot, mit l'esclavine à son cou et redescendit de la cahute, toujours caché par l'espèce d'encombrement que faisaient la cabane, les agrès et le mât.

Dea continuait de murmurer, elle remuait les lèvres, et peu à peu ce murmure devint une mélodie. Elle ébaucha, avec les intermittences et les lacunes du délire, le mystérieux appel qu'elle avait tant de fois adressé à Gwynplaine dans *Chaos vaincu*.

– *Noche, quita te de alli, la alba canta...* (Nuit va-t'en, l'aube chante...)

Et elle étendit la main comme si elle cherchait où s'appuyer dans l'infini.

Gwynplaine, surgissant à côté d'Ursus brusquement pétrifié, s'agenouilla devant elle.

Alors elle entendit une voix, la voix bien-aimée, qui répondait :

– *O ven ! ama ! Eres alma, soy corazon.* (Oh, viens ! aime ! Tu es âme, je suis cœur.)

Et en même temps Dea sentit sous sa main la tête de Gwynplaine. Elle jeta un cri inexprimable :

– Gwynplaine !

Une clarté d'astre apparut sur sa figure pâle, et elle chancela.

Gwynplaine la reçut dans ses bras.

– C'est toi ! dit-elle.

– Oui, moi ! c'est moi ! moi Gwynplaine ! celui dont tu es l'âme, entends-tu ? moi dont tu es l'enfant, l'épouse, l'étoile, le souffle ! moi dont tu es l'éternité ! C'est moi ! je suis là, je te tiens dans mes bras. Je suis vivant. Je suis à toi. Me revoici avec toi. À jamais, te dis-je ! Ensemble ! nous sommes ensemble ! Nous sommes en route, et en liberté. Nous allons en Hollande, nous nous marierons. Il n'y a plus rien à craindre. Je t'adore.

Dea, tremblante, promenait sa main sur le profil de Gwynplaine.

Il l'entendit qui se disait à elle-même :

– C'est comme cela que Dieu est fait.

Puis elle toucha ses vêtements.

– L'esclavine, dit-elle. Le capingot. Il n'y a rien de changé. Tout est comme auparavant.

Ursus, stupéfait, épanoui, riant, inondé de larmes, les regardait et s'adressait à lui-même un aparté.

– Je ne comprends pas du tout. Je suis un absurde idiot. Moi qui l'ai vu porter en terre ! Je pleure et je ris. Mes enfants, je vous bénis.

Et pendant qu'Ursus monologuait, Gwynplaine s'écriait :

– Et voilà l'état où l'on vous a mis ! On vous a volés, on vous a chassés. C'est infâme. Ah ! je vous vengerai ! je te vengerai, Dea ! Je suis pair d'Angleterre.

Ursus, comme heurté par une planète en pleine poitrine, recula et considéra Gwynplaine attentivement.

– Il n'est pas mort, c'est clair, mais serait-il fou ?

Puis, prenant son parti :

– Ça m'est égal, murmura-t-il. Sois fou, si tu veux, mon Gwynplaine. C'est le droit de l'homme. Moi, je suis heureux.

Non. Là-haut

Tout à coup, Dea, se dégageant de l'embrassement de Gwynplaine, se souleva. Elle appuyait ses deux mains sur son cœur, comme pour l'empêcher de se déranger.

– Qu'est-ce que j'ai ? dit-elle. J'ai quelque chose. La joie, cela étouffe.

Elle rougit, puis pâlit, puis rougit encore, et tomba.

– Hélas ! dit Ursus, tu l'as tuée.

Gwynplaine étendit les bras vers Dea.

– Dea ! cria-t-il frémissant, qu'est-ce que tu as ?

– Rien, dit-elle. Je t'aime.

Elle était dans les bras de Gwynplaine comme un linge qu'on a ramassé. Ses mains pendaient.

Gwynplaine et Ursus couchèrent Dea sur le matelas. Elle dit faiblement :

– Je ne respire pas couchée.

Ils la mirent sur son séant. Et elle posa sa tête sur l'épaule de Gwynplaine, assis derrière elle et la soutenant, l'œil plein d'un égarement infortuné.

– Ah ! dit-elle, comme je suis bien !

Ursus lui avait saisi le poignet, et comptait les pulsations de l'artère. Il était livide.

Dea, ployée et de plus en plus pâle, pétrissait dans ses doigts convulsifs l'étoffe de sa robe. Elle eut un soupir inexprimablement pensif, et murmura :

– Je comprends ce que c'est. Je meurs.

Il lui vint aux lèvres un peu d'écume rose qu'Ursus essuya d'un pan de la robe. Il sortait de la poitrine de

Gwynplaine un gémissement qui eût attiré des colombes et un rugissement qui eût fait reculer des lions.

Dea lui répondit, d'une voix de moins en moins distincte, s'arrêtant presque à chaque mot :

– Gwynplaine, tu penseras à moi ? J'en aurai besoin, quand je serai morte.

Et elle ajouta :

– Viens me rejoindre le plus tôt que tu pourras. Je vais être bien malheureuse sans toi, même avec Dieu. Ne me laisse pas trop longtemps seule, mon doux Gwynplaine ! C'est ici qu'était le paradis. Là-haut, ce n'est que le ciel.

– Grâce ! cria Gwynplaine.

Et il colla sa bouche aux belles mains glacées de Dea.

Elle fut un moment comme si elle ne respirait plus.

Puis elle se haussa sur ses coudes, un profond éclair traversa ses yeux, et elle eut un ineffable sourire. Sa voix éclata, vivante.

– Lumière ! cria-t-elle. Je vois.

Et elle expira.

Elle retomba étendue et immobile sur le matelas.

– Morte, dit Ursus.

Et le pauvre vieux bonhomme, comme s'écroulant sous le désespoir, prosterna sa tête chauve et enfouit son visage sanglotant dans les plis de la robe aux pieds de Dea. Il demeura là, évanoui.

Alors Gwynplaine fut effrayant.

Il se dressa debout, leva le front, et considéra au-dessus de sa tête l'immense nuit. Puis il étendit les bras vers la profondeur d'en haut, et dit :

– Je viens.

Et il se mit à marcher, dans la direction du bord, sur le pont du navire, comme si une vision l'attirait.

À quelques pas c'était l'abîme.

Il marchait lentement, il ne regardait pas à ses pieds.

Il avait le sourire que Dea venait d'avoir.

À chaque pas il se rapprochait du bord.

Il marchait tout d'une pièce, les bras levés, la tête renversée en arrière, l'œil fixe, avec un mouvement de fantôme.

Il avançait sans hâte et sans hésitation, avec une précision fatale, comme s'il n'eût pas eu tout près le gouffre béant.

Il murmurait :

– Je te suis. Je distingue très bien le signe que tu me fais.

Il souriait.

Le ciel était absolument noir, il n'y avait plus d'étoiles, mais évidemment il en voyait une.

Il traversa le tillac.

Après quelques pas rigides et sinistres, il parvint à l'extrême bord.

– J'arrive, dit-il. Dea, me voilà.

Et il continua de marcher. Il n'y avait pas de parapet. Le vide était devant lui. Il y mit le pied.

Il tomba.

La nuit était épaisse et sourde, l'eau était profonde.

Il s'engloutit. Ce fut une disparition calme et sombre. Personne ne vit ni n'entendit rien. Le navire continua de voguer et le fleuve de couler.

Peu après le navire entra dans l'océan.

Quand Ursus revint à lui, il ne vit plus Gwynplaine, et il aperçut près du bord Homo qui hurlait dans l'ombre en regardant la mer.

Table